SPELLS & SILVER BELLS

Edizione italiana

WICKED GOOD MYSTERY SERIES

LUCY MAY

DEDIZIONE

«Ogni giocatore deve accettare le carte che la vita gli distribuisce. Ma una volta che le ha in mano, solo lui o lei deve decidere come giocarle per vincere la partita.» ~Voltaire

NOTA PER IL LETTORE

Ogni titolo della serie Wicked Good Mystery può essere letto senza aver letto prima gli altri titoli della serie. Tuttavia, troverete riferimenti a eventi delle storie precedenti. Se volete godervi tutto il mistero, la magia e il caos, date un'occhiata agli altri libri della serie!

CAPITOLO UNO

MOIRA WICKED

In piedi davanti al bancone della cucina, presi un lungo sorso di vino. Ero sola quella sera perché Liam era a Boston per qualche giorno. Il Ringraziamento si avvicinava, e fuori stava nevicando. Adoravo la prima neve, così bella mentre ricopriva il paesaggio con il suo manto ghiacciato. Con il bicchiere di vino in mano, infilai un paio di stivali per tenere i piedi al caldo, poi uscii sul mio portico sul retro.

La luce residua che filtrava dalle finestre faceva scintillare la neve mentre cadeva nell'oscurità. Sembrava che il cielo stesse cospargendo polvere di fata.

Feci un respiro profondo, assaporando l'aria fredda e rabbrividendo leggermente. La neve che cadeva offuscava il bagliore della luna. L'oceano che si estendeva in lontananza non era visibile, eccetto per il suono delle onde che si infrangevano sulla riva.

Mentre mi giravo per rientrare, sentii in lontananza un suono di qualcosa che si spezzava e delle voci che chiamavano. Ma poi tutto tornò silenzioso. Dato che avevo bevuto parecchi bicchieri di vino quando mia cugina Emma e la mia migliore amica, Zoe, erano venute a cena prima, rimasi sul portico per qualche altro momento, aspettando di capire se avessi sentito qualcos'altro. Nient'altro che il suono delle onde che si infrangevano e la leggera nevicata tornarono a me. Una leggera raffica di vento attraversò il portico, facendo svolazzare selvaggiamente i miei capelli.

Pensando che dovevo essermi immaginata tutto, scossi rapidamente la testa e mi voltai per rientrare. Non riuscendo a dissipare il mio senso di inquietudine, non potei resistere all'impulso di camminare fino alla riva. Pochi istanti dopo, raggiunta la scogliera, guardai l'oceano, scrutando la costa buia.

In un bagliore di luce argentea tra le nuvole, mi si fermò il respiro in gola quando vidi una barca contro gli scogli a breve distanza sulla riva. Tirando fuori il telefono dalla tasca, chiamai rapidamente Daniel Lévesque, il capo della polizia di Charm Cove.

Dopo aver segnalato l'incidente della barca, mi affrettai giù per il sentiero roccioso verso la riva. Anche nell'oscurità, con la neve che cadeva e nient'altro che la fioca luce della luna tra le nuvole a guidarmi, conoscevo il sentiero a memoria e mi feci strada verso il basso. Correndo lungo la sabbia, gridai, sperando di sentire qualcuno rispondermi. *Sapevo* di aver appena sentito delle voci.

Non mi giunse alcun suono.

Raggiunsi la barca in questione. Era una barca da pesca—ce n'erano centinaia in questa parte del Maine. Proprio come la maggior parte delle piccole città costiere della zona, Charm Cove aveva un porto per barche e molte famiglie che si guadagnavano da vivere grazie al mare.

L'età d'oro della pesca commerciale nel Nordest era ormai passata da tempo, ma ciò non cambiava il fatto che la pesca fosse uno stile di vita nel Maine. Considerai di arrampicarmi sulla barca scheggiata ma decisi che probabilmente non era saggio. Almeno, non fino a quando qualcun altro non fosse arrivato. Anche se potevo usare la mia magia per entrare e uscire come fumo se qualcosa fosse andato storto, potevo comunque trovarmi nei guai.

Osservando la piccola cabina della barca, era certamente possibile che tutti fossero sopravvissuti. In effetti, mi aspettavo che tutti ce l'avessero fatta. Solo la prua della barca si era spaccata dove si era schiantata contro gli scogli. Il resto della barca era intatto.

Mentre aspettavo, il mio telefono vibrò nella tasca. Tirandolo fuori, vidi il nome di Liam sul mio schermo. Era passata la mezzanotte, quindi non avevo idea del perché mi stesse chiamando proprio ora.

Preoccupata, feci scorrere il dito sullo schermo, portando il telefono all'orecchio. «Ehi? Va tutto bene?»

«Beh, è per questo che ti sto chiamando. Nathan mi ha appena telefonato. Non sapeva che ero fuori città. Il faro ha smesso di funzionare», disse Liam, riferendosi al Faro di Beacon's Charm. Il cugino di Liam, Nathan, gestiva il faro. Tecnicamente, funzionava con la magia ed era così dal momento della sua costruzione, diversi secoli fa.

Se il faro aveva smesso di funzionare, avevamo un vero problema.

«Ok, è strano. Sono sulla spiaggia perché ho sentito un rumore di qualcosa che si spezzava e delle voci. C'è una barca da pesca sugli scogli, e non c'è nessuno. Ho appena chiamato Daniel». Feci una pausa, guardando verso una luce intensa che scendeva dalla scogliera dietro casa mia, e il suono di voci che mi giungevano. «Sta arrivando sulla spiaggia proprio adesso. Dovrei andare».

«Sto tornando a casa ora. Sarò lì tra qualche ora. Stai attenta», disse Liam mentre riattaccavo il telefono.

Che diavolo stava succedendo? La magia per il faro si era spenta, e una barca da pesca si era schiantata. Per aggiungere agli strani eventi, per quanto potessi dire, non c'era nessuno in giro anche se ero certa di aver sentito voci da qui solo pochi minuti fa.

Diverse luci apparvero dietro Daniel, fasci luminosi che rimbalzavano nell'oscurità mentre scendevano dalla scogliera e dalla spiaggia verso di me. In breve tempo, entrambi i miei genitori erano lì, insieme a Daniel, zia Lea, zio Jacob e Nathan Good. Nathan sembrava molto preoccupato e annunciò immediatamente a tutti che la magia del faro era morta.

Tutte le teste si girarono verso di lui. «Cosa?» chiese Jacob, con un tono brusco.

«Esattamente quello che ho detto».

«Non è possibile!» dichiarò mia madre. «Funziona con la magia. L'incantesimo per quel faro è stato lanciato secoli fa. È stato sempre infrangibile».

Un mormorio attraversò il gruppo, e quel senso di inquietudine dentro di me diventò più forte.

Un incidente in barca, un faro rotto e nessun segno delle voci che avevo sentito. Ah, e il Natale era dietro l'angolo.

CAPITOLO DUE

Il giorno successivo, il negozio era follemente affollato. Ma d'altronde, Persnickety Potions & Gifts era sempre un delirio nel periodo che precedeva il Natale. Folle di turisti vagavano per i negozi del centro di Charm Cove per tutto il giorno. Il lato positivo di tutta questa follia era che stavamo guadagnando un sacco di soldi, ed ero troppo impegnata per soffermarmi sugli inquietanti eventi della sera precedente.

La polizia stava cercando di capire cosa fosse successo e aveva chiamato la Guardia Costiera per verificare se ci fossero stati segnali di soccorso dal piccolo peschereccio prima che si schiantasse sulla riva. Per quanto volessi correre sulla spiaggia e scoprire esattamente cos'era accaduto, avevo clienti di cui occuparmi.

«Mi scusi», disse una voce.

Girandomi, trovai una donna che aspettava al bancone. Ero nel bel mezzo dell'impacchettamento di un regalo per l'ultimo cliente che stava aspettando a lato del bancone, esaminando una piccola collezione di pietre incantate.

«Come posso aiutarti?» chiesi.

«Sto cercando un braccialetto con ciondoli», rispose la donna con un leggero sorriso. Le sue braccia erano cariche di borse proveniente da altri negozi del centro di Charm Cove, rendendo evidente che fosse una turista.

«I nostri braccialetti con ciondoli sono là nell'angolo», dissi, indicando con la mano libera l'angolo dove Delia stava aiutando un altro cliente al bancone dei gioielli. «Delia sarà felice di aiutarti».

«Grazie mille», disse la donna, voltandosi e dirigendosi verso l'angolo.

Mi presi un momento per osservare il negozio. Celia e Delia, le mie cugine gemelle più giovani, erano qui questo pomeriggio, ma era a malapena sufficiente per tenere il passo con il numero di clienti che passavano. Avevo considerato l'idea di assumere aiuto temporaneo per le festività, ma non ero ancora sicura che ne valesse la pena. Era un problema per un altro giorno e molto meno urgente del naufragio e delle tre persone scomparse.

Finii di incartare il regalo per l'altro cliente e lo salutai con un cenno. Quando se ne andò, ebbi un momentaneo respiro al registratore di cassa. Mi presi qualche minuto per assicurarmi che fossimo tutti aggiornati con il nostro nuovo sistema informatico.

«Moira Wicked?»

Alzando lo sguardo, trovai Opal Good che si avvicinava al bancone. Opal era la zia del mio fidanzato Liam. Fui sorpresa di vederla, se non altro perché gestiva Beauty Bewitched, il negozio della famiglia Good dall'altro lato della piazza cittadina. Erano impegnati quanto noi in questo periodo dell'anno.

«Ciao, Opal, come stai? Cosa ti porta qui?»

I capelli scuri di Opal, striati d'argento, erano intrecciati e raccolti in uno chignon sulla testa. Indossava orecchini di perle con una collana di perle abbinata. Magra come un fuscello, indossava il suo tipico completo di pantaloni neri con una camicetta bianca. Con questo freddo, aveva aggiunto una giacca di lana grigia al suo ensemble.

«Beh, cara, sono passata per farti sapere, nel caso non l'avessi ancora sentito, che Nathan è scomparso. L'ultima volta che qualcuno l'ha visto è stata ieri sera quando è andato sulla spiaggia per avvisare tutti della luce rotta del faro», disse, in modo piuttosto calmo devo aggiungere.

«Cosa?!»

«Esattamente quello che ho detto», rispose Opal, tamburellando con le dita sul bancone, le sue unghie che battevano ritmicamente sulla superficie di vetro. «Daniel è già a casa sua per indagare. Non so nemmeno cosa pensare».

Prima che avessi la possibilità di dire un'altra parola, il mio cellulare squillò sul bancone. Vidi lampeggiare sullo schermo il nome di mia madre e guardai Opal. «Immagino sia mia madre che chiama per dirmi la stessa cosa. Scusami un attimo».

Un cliente si avvicinò al bancone. Rispondendo rapidamente al telefono, dissi: «Ehi, mamma, ti richiamo. Opal è già qui».

«Va bene, cara», la sentii dire mentre chiudevo la chiamata.

Guardandomi intorno, incrociai lo sguardo di Celia che si trovava un po' più vicino al bancone. Facendole cenno di avvicinarsi, guardai Opal. «Andiamo sul retro», dissi, facendo un cenno con la testa verso la tenda di perline dietro di me.

Celia si affrettò e venne dietro il bancone, occupandosi immediatamente del cliente in attesa.

«Grazie», le dissi con un labiale mentre Opal mi seguiva sul retro del negozio.

La tenda di perline tintinnò delicatamente dietro di noi. Tirando fuori uno sgabello accanto al tavolo da lavoro, feci cenno a Opal di sedersi. Lei si sedette immediatamente mentre io prendevo il telefono per chiamare mia madre.

Mia madre rispose al primo squillo. «Allora hai saputo?» chiese, andando dritta al punto.

«Sì, Opal mi dice che Nathan è scomparso».

«Beh, allora non ha sentito tutta la storia», mia madre iniziò-

La interruppi rapidamente. «Aspetta, ti metto in vivavoce così Opal può sentire».

Appoggiando il fianco contro il tavolo da lavoro dove catalogavamo l'inventario e occasionalmente preparavamo pozioni, toccai il pulsante dell'altoparlante sul mio telefono e lo tenni sollevato tra Opal e me.

«Mamma dice che ci sono altre notizie», spiegai.

Opal inarcò un sopracciglio ben curato. Con i suoi lineamenti sottili e appuntiti, aveva un'aria aristocratica. «Ciao, Camille», disse.

«Ciao, Opal», rispose mia madre. «Gabriel ha appena ricevuto una chiamata dalla stazione di polizia. A parte Nathan che è scomparso, le tre persone che erano sulla barca sono alla stazione di polizia con Daniel in questo momento. Sostengono che qualcuno abbia lanciato un incantesimo di occultamento. A quanto pare, erano in piedi sulla spiaggia vicino alla barca mentre eravamo tutti lì. Potevano sentirci e vederci, ma noi non potevamo vedere loro. Non hanno idea di chi abbia lanciato l'incantesimo e sono preoccupati che un altro incantesimo abbia rovinato il loro sistema di navigazione. Stavano andando al porto quando sono stati catturati da una corrente e hanno perso l'orientamento».

«Oh mio Dio. È pazzesco», dissi.

Gli occhi di Opal si spalancarono. Non era facile sorprenderla. «Vado alla stazione di polizia. Vuoi venire con me?» chiese rapidamente mentre si alzava dallo sgabello e si lisciava i pantaloni.

«Qui c'è troppo da fare», risposi. Per quanto volessi andare con lei, era decisamente troppo affollato perché io lasciassi le gemelle in carica.

Opal annuì. «D'accordo. Camille, vuoi incontrarmi là?» chiese, con gli occhi sullo schermo del telefono.

«Certo. Arrivo subito».

Dopo che Opal si allontanò in fretta e terminai la chiamata, tornai all'ingresso, con la mente in subbuglio. Rimasi occupata, ma non era più sufficiente per tenere la mente lontana dagli eventi. La quantità di magia necessaria per rendere invisibili tre persone era notevole.

Qualcuno stava tramando qualcosa di losco.

Non ebbi quasi un momento per fare una pausa durante l'ora o giù di lì che restava prima della chiusura del negozio. Mandai un messaggio a Liam subito dopo la visita di Opal, facendogli sapere che suo cugino Nathan sembrava essere scomparso. Mi aggrappavo alla speranza che fosse solo un caso. Ma con gli eventi della notte scorsa, non aveva assolutamente senso che Nathan se ne andasse senza che qualcuno lo sapesse.

Quando arrivò l'ora di chiusura, continuavo a guardare l'orologio, ansiosa che Liam arrivasse. Ultimamente, spesso mi accompagnava e veniva a prendermi in città per il lavoro quando andava nella stessa direzione.

Liam Good era l'uomo che ero destinata a sposare se l'incantesimo lanciato diversi secoli fa fosse stato valido. Anche se questa era l'ultima cosa che mi preoccupava quella sera. Ero preoccupata per Nathan e mi chiedevo che diavolo stesse succedendo.

Nel giro di pochi minuti, il campanello sopra la porta tintinnò e Liam entrò. Celia e Delia lo salutarono con ampi sorrisi. Con i loro capelli scuri, occhi blu e guance rosa rotonde, erano davvero adorabili. Erano anche innamorate dell'idea che Liam e io fossimo destinati a stare insieme.

Liam le salutò con un sorriso e un occhiolino prima di avvicinarsi al bancone dove stavo calcolando gli incassi della giornata. «Ehi», disse, il basso brontolio della sua voce che mi faceva scorrere calore nelle vene.

Alzando lo sguardo, incrociai i suoi occhi blu e potevo vedere la preoccupazione. Sebbene non volessi chiacchierare davanti alle ragazze, avevamo un sacco di cose di cui preoccuparci in questo momento. «Qualche novità?» chiesi, tenendo la voce bassa.

Appoggiando il fianco contro il bancone, scosse la testa, passandosi una mano tra i capelli scuri. «No. Immagino che nei quindici minuti da quando abbiamo parlato, mi avresti fatto sapere se avessi avuto qualcosa».

Annuii, premendo il pulsante per salvare il conteggio di oggi e poi spegnendo il computer. «Niente di nuovo, e mi sta facendo impazzire. Dobbiamo trovare Nathan».

«Andiamo a Enchanted Spirits. Se ci sono pettegolezzi da ascoltare, li sentiremo lì. Potrei anche bermi seriamente un drink», rispose.

«Direi. Sei stato al faro?»

Liam annuì rigidamente, i suoi occhi che si spostavano verso dove le gemelle stavano riordinando alcuni espositori. Le gemelle avrebbero sentito tutto comunque, ma preferivamo che non si facessero troppo coinvolgere nell'indagine. L'ultimo evento di magia andata storta aveva visto le gemelle proprio nel bel mezzo delle indagini. Sebbene fossero state loro a catturare il malfattore, per così dire, nessuno di noi voleva che ciò accadesse di nuovo.

Anche se con questa situazione - un naufragio, tre persone scomparse e poi riapparse, un faro rotto, e ora Nathan scomparso - avevamo molto più di cui preoccuparci questa volta rispetto a qualche piccolo furto.

«Vado a chiudere sul retro e a usare il bagno. Torno subito», dissi prima di allontanarmi dal bancone. Affrettandomi attraverso la tenda di perline, entrai nel minuscolo bagno. Dopo aver finito, mi lavai le mani, guardando il mio riflesso nello specchio. I miei capelli scuri si erano sciolti dalla coda di cavallo e la mia pelle era arrossata, facendo risaltare i miei occhi verdi. Quando correvo tutto il giorno, il mio incarnato chiaro tendeva a rimanere arrossato, quindi la passeggiata fino a Enchanted Spirits nell'aria fresca era benvenuta a questo punto.

Dopo essermi asciugata le mani, controllai i chiavistelli della porta sul retro, lanciai un rapido incantesimo di protezione e presi la mia borsa prima di spegnere le luci. Quando tornai all'ingresso, mia cugina Emma stava appena entrando per prendere le sue sorelle più giovani. Le gemelle erano le più giovani della nostra generazione, e una piacevole sorpresa per mia zia Lea e mio zio Jacob.

Emma sorrise quando mi vide. «Ehi, sono solo qui per prendere le ragazze».

Celia e Delia stavano guardando qualcosa su uno dei loro telefoni. Mi appoggiai al bancone vicino a Liam e feci cenno a Emma di avvicinarsi. Si fermò accanto a noi, il suo sguardo che si faceva serio. «Qualche novità?» chiese.

Questa era la domanda del giorno. «Niente. Non da quando abbiamo saputo che Nathan era scomparso. Beh, quello e la ricomparsa delle tre persone scomparse dalla barca».

Emma annuì. «Sì, ho parlato con Zoe. Erano alla stazione di polizia a parlare con Daniel prima. Sapete chi erano?»

In quel momento, le gemelle si avvicinarono. Se le loro orecchie avessero potuto drizzarsi visibilmente, ero certa che l'avrebbero fatto.

Emma sorrise radiosa. «Allora ci vediamo tra poco?»

«Certo», rispose Liam, prendendo casualmente la mia mano nella sua. «Ci vediamo a Enchanted Spirits».

«Ciao, ragazze. A che ora sarete qui domani?» chiesi, guardando le gemelle.

«Abbiamo scuola, quindi saremo qui dopo le tre», disse Celia.

«Perfetto». Lasciai un bacio sulle guance di entrambe e poi le salutai mentre Emma usciva con loro. Liam mi seguì mentre chiudevo l'ingresso e lanciavo rapidamente un incantesimo di protezione anche su quella porta.

Fino ai furti dello scorso autunno, le serrature erano state sufficienti qui. Ma in questi giorni, tutti i negozianti, almeno quelli che erano streghe, lanciavano incantesimi di protezione sulle loro porte. Avevo persino preso l'abitudine di lanciare incantesimi sulle porte dei non-stregoni mentre passavo. Erano abbastanza innocui e potevano solo aiutare.

Con la calda mano di Liam avvolta intorno alla mia, attraversammo la piazza cittadina nell'oscurità che calava. Charm Cove era semplicemente bellissima durante le festività. Sebbene fosse solo una spruzzata, la prima neve era rimasta. Con i lampioni che si accendevano intorno al centro e le luci di Natale che scintillavano sul massiccio abete balsamico al centro della piazza cittadina, la nostra piccola città sembrava magica.

E lo era davvero. Questa piccola città era un bastione del potere delle streghe. Le famiglie erano fuggite qui durante l'isteria intorno ai processi alle streghe di Salem. Charm Cove era conosciuta in tutto il mondo come una delle più potenti collezioni di streghe al mondo. Anche se la magia era reale, in superficie, Charm Cove era solo un altro affascinante villaggio del New England sulla pittoresca costa del Maine. La zona era popolata da un mix di canadesi francesi, irlandesi e altri, risalenti a qualche secolo fa.

Liam e io restammo in silenzio mentre attraversavamo la piazza. Non c'era dubbio che la notizia del naufragio della notte scorsa avesse attraversato la città perché era stata pubblicata nel quotidiano di questa mattina. I bollettini quotidiani non erano più di una o due pagine, con una versione più lunga disponibile nel fine settimana.

La storia di questa mattina non riportava nient'altro che un naufragio. Non c'era menzione delle tre persone scomparse. La notizia aveva sorvolato su quel dettaglio drammatico, dicendo che le famiglie delle persone coinvolte dovevano essere informate per prime. *The Ink Spot* stampava il giornale di Charm Cove da qualche secolo. La famiglia Bishop gestiva *The Ink Spot* fin dalla sua nascita e si dava il caso che fossero stregoni. Erano molto abili nel camminare sul filo che separa il mondo soprannaturale dal mondo come visto da coloro che non hanno la magia a portata di mano.

Liam mi tenne la porta quando raggiungemmo Enchanted Spirits. Calore e il mormorio di voci si riversarono fuori mentre entravamo. Con la mano di Liam appoggiata sulla parte bassa della mia schiena, assaporai il punto di contatto. Dovevo ammettere che provavo un piccolo brivido ogni volta che mi toccava.

Suppongo che fosse conveniente, visto che entrambe le nostre famiglie insistevano affinché compissimo il nostro destino, il che significava innamorarci e sposarci. Feci un respiro profondo, lasciandolo uscire con un sospiro. Ogni tanto, mi sentivo sopraffatta dalla contemplazione del mio destino, per così dire. L'amore era già abbastanza difficile senza quel tipo di pressione. La mia mente si allontanò da questi pensieri mentre ci facevamo strada attraverso il bar affollato fino a un tavolo nell'angolo.

Mia cugina Emma non era ancora lì, ma la mia amica Zoe Lévesque ci fece cenno dall'angolo. Mentre scivolavo nel tavolo di fronte a lei, la mia preoccupazione per Nathan tornò con una forza intensa. Nathan si univa quasi sempre a noi qui, eppure ovviamente non ci sarebbe stato stasera.

Zoe incrociò il mio sguardo; i suoi occhi marroni preoccupati. «Lo so. Di solito Nathan è qui. Daniel non c'è perché è occupato a parlare con quelle tre persone che sono scomparse ieri sera».

Liam alzò la mano per segnalare alla cameriera mentre scivolava nel tavolo accanto a me, facendo scivolare il braccio sulla mia spalla. «Andrà tutto bene», disse.

«Come puoi saperlo? Voglio dire, Nathan è scomparso e l'incantesimo del faro è rotto. Chiunque abbia fatto questo ha una magia seria».

«Lo so», disse Liam, stringendomi la spalla, «ma è un buon segno che le tre persone sulla barca non siano state ferite. Spero che ciò significhi che avremo presto notizie di Nathan. Inoltre, è piuttosto potente».

Zoe fece roteare la forchetta avanti e indietro tra le dita e sospirò. «Vero. Qualcuno sa come annullare l'incantesimo di occultamento?»

Liam scosse lentamente la testa. «No. Non è facile. Ho parlato con Jacob oggi e pensa che tra lui e tuo padre», Liam fece una pausa qui, spostando gli occhi verso di me prima di continuare, «potrebbero essere in grado di farlo».

Non mi sorprendeva minimamente che mio padre e Jacob, due stregoni immensamente potenti, potessero annullare un incantesimo di occultamento, ma non vedevo come questo potesse aiutarci.

«Ok, ma chi l'ha fatto e perché?» chiesi.

Una cameriera arrivò al nostro tavolo e prese rapidamente le nostre ordinazioni. Tutti e tre ordinammo birre e hamburger per cena. Una volta che la cameriera si allontanò, mi appoggiai alla spalla di Liam. «Sto lavorando sull'ipotesi che tutto il pasticcio abbia qualcosa a che fare con il faro».

Zoe restò in silenzio per un attimo, il suo sguardo pensieroso. «È quello che pensa Daniel». Zoe era sposata con il capo della polizia di Charm Cove. «Beh, dice che il faro è stato sabotato, e poiché il faro non funzionava, la barca si è schiantata. Ad essere onesti, tutto ciò è logico».

Liam ridacchiò. «Certo che lo è, ma non spiega tutto».

«Sì, come diavolo ha fatto qualcuno a sovrascrivere l'incantesimo per il faro? Questo mi preoccupa. Voglio dire, un incantesimo di occultamento richiede potere, ma dura solo per un certo tempo, giusto?»

I riccioli castani di Zoe rimbalzarono mentre annuiva. «Spero solo che se è stato usato un altro incantesimo di occultamento su Nathan, svanisca presto anche quello. Non posso credere di dirlo, ma è meglio dell'alternativa».

Come se fossero state evocate dalle nostre parole, sentii la voce di Nathan. Tutti e tre esaminammo la stanza mentre lui appariva, facendosi strada tra la folla. Scivolò nel posto accanto a Zoe con un sospiro pesante.

«Dove diavolo sei stato?» chiese Liam.

Nathan si appoggiò indietro, sembrando esausto. «Intrappolato in un fottuto armadio nel faro. Qualcuno mi ha chiuso lì dentro. Nessuna magia necessaria».

Tirai immediatamente fuori il mio telefono, aprendo il numero di mia madre.

«Hai parlato con qualcun altro?» stava chiedendo Liam mentre il mio telefono squillava all'orecchio.

«Sì, sua madre», disse Nathan, indicandomi. Riattaccai non

appena lo disse. «E Opal e Lea. Erano al faro al piano di sotto, a parlare di qualche stronzata sulla magia mentre io ero al piano di sopra a colpire maledettamente la porta. Alla fine mi hanno sentito, ed eccomi qui».

«Quando sei stato chiuso nell'armadio?» chiesi mentre posavo il telefono sul tavolo.

«Ieri sera dopo aver lasciato la spiaggia, che credo fosse tecnicamente questa mattina. Ho deciso che ero sveglio, così avrei potuto anche controllare le cose là. Sono salito all'ultimo piano, e qualcuno mi ha colpito alla testa e mi ha spinto nell'armadio. Era nel bel mezzo della fottuta notte. Ero un po' stordito all'inizio, ma dopo aver capito che non sarei uscito, devo essermi addormentato. Non avevo nemmeno il telefono con me perché l'avevo lasciato in macchina. La ricezione è una merda lì a causa di quell'incantesimo. Una volta che mi hanno fatto uscire, abbiamo chiamato Daniel. Sto morendo di fame e ho bisogno di qualcosa da mangiare. Daniel è al corrente di ciò che è successo. Gli ho dato il permesso di andare a fare quello che voleva al faro».

Zoe incrociò il mio sguardo. «Non si tratta solo di magia».

«Altroché», risposi mentre la cameriera si avvicinava con le nostre bevande.

Ero così sollevata che Nathan fosse tornato che non sapevo nemmeno cosa pensare. Mandai rapidamente un messaggio a mia madre, facendole sapere che stavo chiamando per informarla di Nathan.

La nostra cameriera ci portò i nostri hamburger, affrettandosi a prendere lo stesso per Nathan. Passammo il resto della serata a riflettere sul perché diavolo qualcuno volesse spegnere la luce al faro.

Come previsto, sentimmo un sacco di pettegolezzi solo per il fatto di essere al bar. Metà della città non sapeva che il faro funzionava con la magia, quindi pensavano che fosse semplice vandalismo. Quelli che sapevano che funzionava con la magia lo consideravano anche loro un vandalismo. Alcune strane teorie su alieni che rubavano la luce circolavano, ma le attribuii a troppo alcol.

Nel frattempo, Nathan aveva già ricevuto chiamate dalla Guardia Costiera e dall'Ufficio Parchi e Terreni del Maine. Entrambi erano coinvolti nell'indagine sul naufragio e sul faro Beacon's Charm.

«Questa sarà un bel grattacapo per le autorità», mormorò Liam accanto a me.

Zoe sospirò. «Lo so. Daniel è già preoccupato di come farà a presentare tutto nella sua documentazione ufficiale. Mi ha chiesto ieri sera quando stavamo andando a letto se conoscevo streghe o stregoni che lavorassero per la Guardia Costiera. Non me ne veniva in mente nessuno. E voi?»

Feci un sorso di birra e sgranocchiai una patatina. «Non lo so».

Quando guardai Liam, lui lesse nella mia mente. «Sì, lo chiederò a mia madre».

Nathan ridacchiò dall'altra parte del tavolo. «Zia Alice, la regina della genealogia. Ha ridotto la storia delle streghe a una vera e propria scienza. Ora che non sto morendo di fame, penso che andrò a casa».

«Devo andare anch'io», disse Zoe. «Daniel mi ha appena mandato un messaggio, e sta tornando a casa».

«Ci chiamerai se ci sono aggiornamenti?» chiesi mentre si alzava dal tavolo.

«Certo. Sono la fonte». Con un cenno, si voltò e seguì Nathan fuori.

Liam mi guardò. «Sei pronta ad andare?»

«Certo. Ghost starà morendo di fame se non torno a casa e gli do il suo cibo fresco presto», risposi, riferendomi al mio gatto. Ora era terribilmente viziato e praticamente mi possedeva. Io ero la sua persona piuttosto che lui essere il mio gatto.

Liam ridacchiò, abbassandosi e premendo un bacio sulle mie labbra. Il punto di contatto mi mandò un piccolo brivido. Le mie rassicurazioni a me stessa che avrei preso le cose con calma con

Liam erano andate in fumo mesi fa. Ormai vivevamo quasi insieme, ma andava benissimo per me.

La pressione dalle nostre famiglie per fidanzarci era l'unica cosa che ancora mi pesava. In effetti, preferirebbero che fossimo già sposati. Caso in questione, dopo aver lasciato Enchanted Spirits e mentre stavamo attraversando la piazza cittadina, una figura si affrettò verso di noi. «Ciao, zia Opal», disse Liam.

«Abbiamo trovato Nathan!» gridò quando ci raggiunse.

«Lo sappiamo», rispose Liam, con tono secco. «Abbiamo appena cenato con lui».

Opal sbuffò, alzando gli occhi al cielo e appoggiando una mano sul fianco. Faceva freddo stasera, e il cielo era limpido. Il suo scialle di lana era avvolto attorno alle spalle, e i suoi occhi brillavano sotto le luci appese intorno al centro. «Sai, i tempi non sarebbero male per le festività», osservò obliquamente.

«Di cosa stai parlando?» chiesi in risposta.

Liam strinse la mia mano, la sua risata bassa che mi mandava un brivido lungo la spina dorsale. «Si riferisce al fatto che vorrebbe che ti chiedessi di sposarmi prima del nuovo anno», disse.

Opal sbuffò di nuovo. «Buon Dio, Liam. Come mio nipote, pensavo che avessi più cervello. Addio alla sorpresa».

A quelle parole, gettò indietro la testa con una risata di cuore. Nel frattempo, l'ansia si agitava nel mio petto. Avevo accettato il mio fato, o destino, o come lo si volesse chiamare, ma volevo ancora fare le cose con i miei tempi.

«Sai, Opal, se entrambe le nostre famiglie non stessero cercando di spingerci come bestiame all'altare, forse potremmo capire le cose con i nostri tempi».

Lei non si scompose. «Cara, il destino è destino. Non puoi evitarlo, quindi tanto vale affrontarlo di petto. Comunque, sono solo felice che abbiamo trovato Nathan».

«Non è che questo risolva tutto», aggiunsi. «Abbiamo ancora un naufragio, un faro rotto e qualcuno che ovviamente ha lanciato un incantesimo di occultamento».

«Verissimo, ma almeno ora tutti sono stati trovati. Devo andare, quindi buonanotte». Detto questo, Opal si allontanò in fretta.

Liam diede uno strattone alla mia mano, e riprendemmo la nostra breve passeggiata verso la sua auto nella notte gelida. Mentre guidavamo verso casa, lanciai uno sguardo al suo profilo. La natura lo aveva ingiustamente benedetto, l'uomo era ridicolmente bello. Aveva un viso scolpito, una forte mascella squadrata, un naso affilato e una bocca morbida e sensuale a completare il tutto. Come ho detto, ridicolo.

Prima che potessi anche solo parlare, di nuovo lesse nella mia mente. «Opal mi sta addosso, ma poi conosci Opal. È terribile come Lea. Grazie a Dio i nostri genitori ci danno un po' più di distanza».

Feci un respiro profondo e lo lasciai uscire con un sospiro tremante.

«Non mi preoccupo di ciò che chiunque altro vuole», aggiunse, con voce roca nel silenzio dell'auto.

Il mio cuore batteva forte e veloce nel petto. «Lo so», dissi finalmente.

Si fermò a un segnale di stop e mi guardò prima di svoltare sulla strada che portava verso casa mia. La luce della luna rendeva i suoi occhi di un blu argenteo. «Non devi preoccuparti», disse dolcemente.

«Odio solo la pressione».

Si sporse, catturando le mie labbra in un bacio veloce. La sensazione della sua bocca contro la mia era come una fiammata. Il contrasto dell'aria fresca che colpiva le mie labbra mentre si allontanava intensificò la sensazione.

CAPITOLO TRE

La mattina seguente, il terreno era leggermente imbiancato dalla neve mentre uscivo dalla mia rimessa per carrozze. Quando sono tornata a Charm Cove, mi sono trasferita nella casa che avevo ereditato da mia nonna quando è venuta a mancare. Era a due passi dalla casa dei miei genitori, ma abbastanza lontana da garantirmi un po' di privacy. Liam era uscito presto questa mattina per aiutare suo padre a trasportare la legna per l'enorme camino che usavano durante l'inverno a casa dei suoi genitori. Chiudendo la porta dietro di me, mi sono fermata a respirare profondamente l'aria pungente dell'inizio inverno.

Gli alberi sempreverdi sparsi nel giardino, leggermente ricoperti di neve, sembravano cosparsi di zucchero. Ghost stava attraversando il cortile, e l'ho notato solo quando si è avvicinato perché con il suo pelo bianco si confondeva nel paesaggio. Il suo sguardo si è fissato su di me per un istante mentre si immobilizzava nel cortile, ma poi ha agitato la coda in aria ed è sfrecciato dietro la casa. Liam aveva installato una porticina per gatti sul portico posteriore, così andava e veniva come gli pareva.

Per curiosità, ho camminato fino al retro della casa. I miei stivali lasciavano impronte chiare nel sottile strato di neve mentre mi dirigevo verso la scogliera sopra la spiaggia. Era ancora piuttosto presto, non erano nemmeno le sette del mattino, così il sole nascente lasciava il cielo sfumato di rosa. L'Oceano Atlantico si estendeva davanti a me in un letterale mare di grigio.

Camminando fino al bordo della scogliera, ho dato un'occhiata in basso per vedere cosa stava succedendo con la barca distrutta. Dove la piccola barca da pesca si era schiantata contro gli scogli a breve distanza dalla casa, galleggiavano boe nell'acqua tutt'intorno, e una motovedetta della Guardia Costiera stazionava nelle vicinanze. Per quanto ne sapevo, avevano intenzione di rimorchiare via la barca oggi, due giorni dopo il suo spettacolare incidente di mezzanotte. La parte anteriore era inclinata contro la riva; la prua spaccata contro le rocce.

Mi chiedevo come avessero potuto nascondersi alla nostra vista i tre passeggeri sulla spiaggia. Un incantesimo di occultamento avrebbe fatto il trucco, ma erano rari e richiedevano un bel po' di potere. Avevamo il nostro bel da fare. Oltre a cercare di scoprire chi ci fosse dietro tutto questo, dovevamo davvero capire come rimettere in funzione il faro.

O meglio ancora, dovevamo capire come diavolo qualcuno avesse spezzato un incantesimo vecchio di secoli. Chi e perché?

Con un ultimo sguardo al mare, mi sono girata giusto in tempo per vedere Ghost scavalcare il corrimano sul portico posteriore e precipitarsi attraverso la sua porticina. Rientrando in casa, ho controllato che la caffettiera fosse spenta. La mia rimessa per carrozze ristrutturata aveva una porta d'ingresso che conduceva nel soggiorno con un soffitto alto, e l'ex fienile era stato trasformato in una zona salotto con due camere da letto e un bagno. Il pavimento originale in castagno era lucidato a specchio in tutta la casa. Il retro della rimessa, che un tempo aveva file di stalle, era ora una parete di finestre che si affacciavano sull'oceano.

Ho afferrato la borsa dal divano componibile, che era posizionato ad angolo, un lato rivolto verso la vista sull'oceano e l'altro verso il televisore montato a parete. La cucina e la zona pranzo sul lato avevano un piccolo isolotto, che offriva sgabelli per sedersi. Il mio cappotto era appoggiato su uno degli sgabelli. Indossandolo, ho controllato che Ghost avesse acqua fresca e poi sono uscita per la giornata.

Guidando, ho osservato il paesaggio spolverato dalle fate. Alcune persone chiamavano questa stagione "stagione dei bastoncini" perché gli alberi a foglia caduca avevano perso le foglie, e non avevamo ancora molta neve, quindi lo skyline sembrava spoglio con i rami nudi che si stagliavano nel cielo. L'abbondanza dell'estate e dell'autunno era passata con le foglie cadute ora coperte di neve.

Amavo questo periodo dell'anno, forse perché era un presagio di ciò che sarebbe venuto. Amavo l'inverno con le sue notti nevose, il sidro caldo, le tempeste all'esterno e il fuoco nel camino. Era il momento di sistemarsi e di essere circondati da coloro che si amano.

Ma, d'altra parte, mi piaceva qualcosa di ogni stagione. In primavera, avrei amato la sensazione di crescita e vivacità dopo mesi di freddo. L'estate aveva le brezze salate che soffiavano dall'oceano e le acque dell'Atlantico abbastanza calde per nuotare. Avrei assaporato il sole e la sensazione di spensieratezza anche se solo per poche ore al giorno. Ancora una volta, il ciclo si completava con l'autunno, facendo esplodere la foresta in un caleidoscopio di colori e bellezza attraverso il cielo. La sensazione di urgenza di raccogliere tutto per prepararsi all'inverno era tonificante.

Ora che ero tornata a Charm Cove da quasi sei mesi, non potevo credere di aver mai pensato di poter vivere lontano da qui. New York City era certamente stata un cambiamento di ritmo, e avevo apprezzato il contrasto per un po'. Più di ogni altra cosa, avevo cercato di nascondermi dalla mia magia e dal mio destino. Essere una strega aveva i suoi lati negativi, eppure era una parte integrante di chi ero. Nel mio periodo di assenza, ero maturata ed ero tornata a casa un po' per caso.

Solo per scoprire che l'uomo che avevo amato un tempo nel

modo in cui solo i giovani possono amare - selvaggiamente, a capofitto e incuranti - era tornato a casa anche lui.

Ero rimbalzata dritta verso Liam Good, l'uomo che rappresentava il mio destino. Ho scosso la testa mentre svoltavo dalla strada costiera a quella che mi portava nel centro di Charm Cove. Girando in Charming Way, ho cercato un posto auto dietro il nostro negozio, ho messo le chiavi in tasca e mi sono diretta attraverso il parco per un po' di caffè e forse qualche pettegolezzo da Magic Beans.

Pochi minuti dopo, ho spinto la porta, con un allegro campanello che tintinnava sopra la mia testa. L'aroma di caffè e prodotti da forno mi ha avvolto mentre la porta si richiudeva.

Sarah Glen mi ha sorriso da dietro il bancone mentre mi avvicinavo. I suoi capelli biondi erano raccolti in una coda di cavallo e i suoi occhi blu erano luminosi. «Buongiorno, Moira. Niente Liam oggi?»

Ho sorriso, scuotendo la testa. «Buongiorno. Niente Liam oggi. È fuori ad aiutare suo padre a trasportare la legna. È un progetto che dura tutto il giorno.»

Sarah ha sorriso. «Ho mandato John a fare lo stesso. Dobbiamo accumulare la nostra legna prima che ci sia troppa neve. Giuro, ogni anno aspetta troppo.»

Dopo che Sarah mi ha consegnato il caffè e uno scone ai mirtilli, mi sono seduta a un tavolo nell'angolo. Ero in anticipo questa mattina e avevo tempo prima dell'apertura del negozio. Guardando fuori dalla finestra, osservavo le persone che si affrettavano per strada per andare al lavoro. Persnickety Potions & Gifts si trovava quasi direttamente di fronte a Magic Beans su Charming Way, dall'altra parte del parco.

I compratori camminavano lungo i marciapiedi con i loro giacconi invernali, imperterriti davanti al tempo. Gli operai comunali erano stati impegnati ad assicurarsi che i marciapiedi fossero sgombri. Qualsiasi città del Maine aveva familiarità con come affrontare la neve. Che fosse una spolverata o una forte nevicata, le cose non rallentavano.

Osservavo alcuni operai comunali decorare l'albero di balsamo al centro del parco, aggiungendo fiocchi rossi brillanti alle luci già appese intorno ad esso. Prendendo un morso del mio scone caldo, ho sospirato mentre il sapore si diffondeva sulla mia lingua.

«Ciao, Moira», ha chiamato una voce. Mi sono guardata intorno, riconoscendo la voce di zia Lea prima ancora di vederla, e lei ha salutato dal bancone. Ricambiando il suo saluto, ho preso un sorso di caffè.

In pochi istanti, si è seduta sulla sedia di fronte a me. I suoi occhi verdi si sono increspati agli angoli con il suo sorriso. Come al solito, era vestita con una gonna aderente e una camicetta. Era sempre elegante anche in inverno. «Avrei dovuto immaginare che ti avrei vista qui questa mattina. Hai un po' di tempo prima di aprire. Mi stavo chiedendo se ti dispiaceva se venissi stamattina a preparare alcune pozioni.»

Ho sorriso. «Buongiorno. Certo che non mi dispiace. Puoi venire quando vuoi. Non è come se fosse il mio negozio personale.»

Persnickety Potions & Gifts era stato nella mia famiglia per alcune centinaia di anni. Zia Lea lo aveva gestito più recentemente, ma aveva passato le redini a me quando mi ero trasferita a Charm Cove l'estate scorsa. Le era stato diagnosticato un cancro al seno e aveva già abbastanza da fare.

Sorprendentemente, per me e probabilmente per tutti gli altri, mi piaceva gestire il negozio. Avevo dimenticato quanto mi piacesse trascorrere del tempo lì da giovane. Come le gemelle, avevo lavorato nel negozio durante l'adolescenza.

Era bello essere tornata. Sebbene tecnicamente lo stessi gestendo io, il reddito del negozio era distribuito tra la nostra famiglia allargata dopo che le gemelle ed io venivamo pagate, ed era piuttosto redditizio. Charm Cove era una destinazione turistica preferita nel Maine e si trovava ad essere una delle piccole città più popolari lungo la costa. Altre città competevano costantemente per il traffico turistico che noi catturavamo. Non sapevano che in realtà non avevano molte possibilità di competere.

Charm Cove era gestita principalmente da streghe, quindi incantavamo le persone. Sapevamo anche come gestire attività molto redditizie. Il nostro piccolo negozio di regali era uno dei tanti in città. I negozi più popolari della città erano tutti di proprietà di famiglie di streghe. I Wicked gestivano Persnickety Potions & Gifts sin dalla sua nascita secoli fa. Nel frattempo, la famiglia Good possedeva Beauty Bewitched. La famiglia Bishop gestiva un'attività editoriale molto frequentata da secoli presso The Ink Spot. Alcune altre attività lottavano per i massimi onori in città, ma noi usavamo i nostri poteri solo per il bene quando si trattava di affari. Anche ristoranti e bar gestiti da streghe occupavano posti ambiti come favoriti in città, inclusi Magic Beans e Enchanted Spirits.

Anche se, se qualcuna delle altre città vicine avesse saputo della stregoneria che impiegavamo per far funzionare le cose nel modo più fluido possibile, avrebbe potuto essere in disaccordo.

Zia Lea ha allungato la mano attraverso il tavolo e ha stretto la mia, i suoi bracciali d'argento tintinnavano con il suo movimento. «Sono così felice che tu abbia preso in gestione il negozio e non voglio pestarti i piedi.»

Ho sorriso quando ha lasciato la mia mano e ha preso un sorso del suo caffè. «Non mi preoccupo. Inoltre, sei la regina delle pozioni. Beh, tu e mia madre. E suppongo anche zia Penelope.»

Zia Lea ha sorriso e ha fatto l'occhiolino. «Credo che io e tua madre facciamo un lavoro migliore del suo», ha detto con un leggero sorriso. Zia Penelope, Dio la benedica, aveva preso gli anni '60 e '70 piuttosto sul serio, assumendo quasi ogni droga in cui si imbatteva. Di conseguenza, la sua stessa magia era quasi brilla.

«Siamo abbastanza ben forniti», ho aggiunto. «Per cosa hai bisogno di preparare pozioni?»

«Beh, con le festività in arrivo, vorrei preparare alcune cose speciali per le persone. Inoltre, dammi un paio di settimane, e finirai tutte le nostre pozioni d'amore. Fidati, finivo ogni anno. Oggi farò solo qualche extra mentre sono lì.»

Ho annuito e ho preso un altro morso del mio scone. Ha immediatamente cambiato argomento nella conversazione. «Finalmente ho ottenuto i nomi delle tre persone che erano sulla barca l'altra notte.»

«Oh, chi?»

«Amy Lévesque, che è una strega se non lo sapevi. È una cugina lontana di tua madre, e suppongo tua. Jared Booth, che è uno stregone. È stato un pescatore da sempre. Non si sente molto parlare di quella famiglia, ma hanno sicuramente dei poteri. Poi Clint Owens, che non ha poteri e, per quanto ne so, non è imparentato con nessuno che abbia poteri. Daniel li ha apparentemente intervistati, ma non sta dicendo niente a nessuno. Ho cercato di ottenere qualche informazione da lui, e quell'uomo è così maledettamente testardo. Potresti per favore chiedere alla tua amica Zoe di fargli ragionare? Per l'amor del cielo, quando imparerà che le streghe sono più un aiuto che un ostacolo per lui?» ha chiesto con uno sbuffo.

Ho alzato le spalle, prendendo l'ultimo morso del mio scone. Dopo aver finito di masticare, ho preso un sorso di caffè. «Onestamente, non posso nemmeno immaginare di cercare di essere il capo della polizia qui. So che ti infastidisce, ma sai perché cerca di essere attento. Ogni volta che ottiene informazioni dalle streghe, deve essere cauto su come le affronta nella sua documentazione. Zoe mi ha detto molte volte che preferisce risolvere i suoi casi con il semplice lavoro di detective.»

Zia Lea ha sospirato, piuttosto elaboratamente. Tamponandosi la bocca con un tovagliolo dopo aver preso un sorso del suo caffè, ha alzato la spalla in un elegante scrollata. «Beh, è semplicemente sciocco. E per l'amor del cielo, l'uomo è sposato con una strega. Avrà un figlio con poteri.»

«Lo so, e lo sa anche lui. Stavo solo dicendo che capisco le sue preoccupazioni», ho fatto notare.

Zia Lea si è spazzolata un capello invisibile dalla fronte. Oggi, portava i suoi capelli prevalentemente argentati raccolti in un nodo elegantemente attorcigliato con bacchette rosse infilate attraverso di esso. La donna aveva più bacchette di chiunque io conoscessi, e le usava esclusivamente per tenere su i capelli. I suoi occhiali rosso brillante pendevano da una catena intorno al collo, aggiungendo un altro tocco di colore.

Ha scosso la testa alla mia risposta. «Beh, è un maniaco del controllo», ha detto con decisione.

Ho alzato gli occhi al cielo. «Chi si somiglia si piglia.»

Zia Lea ha sfoggiato un sorriso malizioso, non offendendosi affatto per quello. Abbiamo finito i nostri caffè e abbiamo attraversato il parco insieme. Mentre aprivo il negozio, lei si è sistemata sul retro al tavolo da lavoro. Per quanto riguarda le pozioni, la maggior parte di ciò che vendevamo erano rimedi erboristici benigni e simili. Tuttavia, avevamo alcuni rimedi popolari che erano leggermente incantati. In particolare, incantesimi d'amore e cose del genere.

Nel mondo delle streghe, alcune famiglie si concentravano più pesantemente sulla preparazione di pozioni. La mia famiglia era ben nota per la loro abilità con le pozioni, così come la famiglia Good. Zia Lea aveva sposato un membro della famiglia Good. Prima del suo matrimonio, era stata una Wicked. Mia madre aveva sposato suo fratello.

Penelope e Lea avevano accolto mia madre come se fosse una delle loro sorelle. Tra le due famiglie, ero cresciuta intorno alle pozioni per tutta la vita. Avevamo lo spazio per prepararle qui nel negozio e teneamo le scorte di base, ma mia madre e le mie zie le preparavano anche a casa quando ne avevano voglia. Durante la mia infanzia, raramente passava una settimana senza che mia madre preparasse qualcosa di magico.

Pochi minuti dopo aver girato il cartello su aperto sul davanti, il negozio era affollato. Anche se la mia mente continuava a tornare a quelle tre persone nascoste da quell'incantesimo di occultamento per alcune ore misteriose dopo il naufragio, ero abbastanza occupata da non preoccuparmi troppo. Il dramma di vivere in un villaggio di streghe come Charm Cove poteva essere stancante. Eppure mi era mancato anche quando vivevo lontano.

Durante una breve pausa, zia Lea è venuta davanti a sedersi con me mentre stavo ordinando anelli per una delle nostre vetrine di gioielli. Ha guardato deliberatamente verso di essi prima di gesticolare verso la mia mano sinistra, inarcando un sopracciglio.

«Cosa?» ho chiesto.

«Quando tu e Liam affronterete finalmente la verità?»

Ah, avrei dovuto vederla arrivare da un miglio di distanza.

«Intendi il nostro destino?»

Lei ha sorriso, con gli occhi scintillanti. «Esattamente questo, cara. È bello sentirti dirlo così. Voi due state uscendo insieme, e tua madre mi dice che di solito lui sta a casa tua, quindi...» Ha lasciato che le sue parole si spegnessero.

Ho quasi bruciato la lingua per morderla. Mio Dio. Mia madre teneva traccia di Liam e me. Grosso svantaggio ad avere una casa nella proprietà della mia famiglia.

Liam stava affittando il vecchio cottage del custode nella proprietà dei miei genitori, quindi era piuttosto conveniente per lui rimanere principalmente a casa mia.

Ho perso la battaglia per evitare di commentare. «Mia madre non può vedere la mia casa o il cottage del custode da casa sua, quindi non ho idea da dove ti venga l'idea che lei sappia dove dorme Liam.»

Zia Lea ha alzato gli occhi al cielo e ha effettivamente allungato la mano per darmi un colpetto sulla guancia. «Che carino. Pensi che non sappiamo cosa sta succedendo.»

Ho fatto un respiro e l'ho lasciato uscire con un sospiro mentre mettevo l'ultimo anello nella custodia rivestita di velluto e chiudevo il coperchio di vetro. «Non penso che voi non sappiate cosa sta succedendo. Lungi da me presumere che forse ci dareste un po' di pace e tranquillità e ci lascereste capire le cose da soli. Stiamo uscendo insieme, ma questo è tutto ciò che mi interessa discutere.»

Lo sguardo di zia Lea è diventato contemplativo. Dopo un momento, ha inclinato la testa di lato. «Ti ho mai raccontato di quando Jacob e io ci siamo messi insieme?»

Lea e Jacob erano stati la coppia destinata a sposarsi per la loro generazione - Lea era la Wicked e Jacob era il Good in quell'equazione.

«Non credo che tu l'abbia fatto. Voi due state insieme da prima che io nascessi. Sembrate molto felici e molto innamorati l'uno dell'altra. Ammettiamolo, zio Jacob è praticamente un tuo schiavo.»

Zia Lea ha buttato indietro la testa con una risata. «Non proprio, cara. So che mi ama, ma è uno stregone molto potente, e lo sai. Comunque...» Si è fermata, la sua espressione si è fatta seria. «Ero un po' come te. Non ero sicura che fosse ciò che volevo. Ovviamente, se pensi di stare subendo pressione, non hai idea di com'era qui una volta. Anche se le nostre famiglie hanno ancora le loro tradizioni, le cose sono molto diverse e molto più aperte di quanto lo fossero un tempo. All'epoca, sposare la persona che i tuoi genitori pensavano dovessi sposare era abbastanza comune, sia all'interno che all'esterno della comunità delle streghe. Le nostre famiglie credevano assolutamente che dovessimo sposarci appena fossimo abbastanza grandi. L'idea di metterlo in discussione era praticamente un sacrilegio. Dovresti chiedere a tuo padre come mi sentivo. Quando non litigavamo da adolescenti, complottavo con lui su come potevo scappare. Questo dice qualcosa perché Jacob» - si è fermata, mettendosi la mano sul petto mentre i suoi occhi si inumidivano - «era un uomo bellissimo. Ora è tutto dignitoso e così via, ma all'epoca era affascinante, e oh, lo adoravo. Ma l'idea che fossimo destinati a stare insieme e cosa sarebbe potuto andare storto se non ci fossimo sposati, beh, era molto da affrontare. Suppongo che stia cercando di spiegare che capisco come ti senti.»

Non mi sono accorta che la mia bocca si era aperta finché lei non ha allungato la mano con il dito e me l'ha toccata sotto il mento. «Su, non sembrare così sorpresa.»

«Ma...» ho balbettato, fermandomi per raccogliere le parole. Ho preso il mio caffè dal bancone e ne ho bevuto un sorso.

«Sei una delle peggiori a dirmi che dobbiamo affrontare la cosa. Tu e mia madre. L'estate scorsa, avete fatto tutta quella storia ridicola solo per farmi tornare qui.»

Zia Lea ha sorriso. «Sapevo che saresti tornata a casa presto. Lo speravo certamente. Volevo solo accelerare le cose. Sarò la prima a dirti che mi sono promessa quando abbiamo scoperto che eri destinata a sposare Liam per questa generazione che se non fosse sembrato giusto, ne avrei parlato. Perché mi sento fortunata ad amare Jacob. Non potrei immaginare di essere costretta a gestire un incantesimo che non poteva essere spezzato per qualcuno che non amavo.»

Ho preso un altro sorso di caffè, cercando di assorbire ciò che stava dicendo.

«Ti ho visto insieme a Liam. È chiaro come il sole che voi due siete fatti l'uno per l'altra. Destino e incantesimo vecchio di diversi secoli o no. Quel ragazzo ti amava da impazzire al liceo, e tu lo adoravi. Onestamente, odiavo che voi due vi foste lasciati per qualche anno, ma a posteriori, penso che quello fosse l'unico modo in cui avreste trovato la strada l'uno verso l'altra. Voglio dire, ammettiamolo, il cervello è praticamente marinato negli ormoni durante l'adolescenza. Non è che qualcuno possa pensare molto chiaramente, tanto meno prendere decisioni intelligenti. L'unico motivo per cui ho commentato è perché è così ovvio che vi amate. Devo ammettere che ero piuttosto terrorizzata quando voi due vi siete lasciati a causa di quella ragazza. Liam è un tale idiota. Lo ha capito, ma poi ti sei trasferita e hai rinnegato la magia. Abbiamo davvero cercato di nascondertelo, ma eravamo spaventati, cara. Molto spaventati. Sono *così* felice che tu abbia trovato la strada di casa e che tu abbia visto la luce.»

Zia Lea era un po' svampita a volte, così, proprio così, ha cambiato argomento. Apparentemente, la parola "luce" l'ha fatta partire. «Basta con questo. Parlando di luce, non so nemmeno cosa fare con il faro. Dobbiamo riattivare quell'incantesimo e farlo funzionare. Abbiamo già ricevuto chiamate dalla Guardia Costiera e dall'Ufficio Parchi e Terreni. Poiché è un faro ufficiale, è necessario che funzioni. Ho dovuto andare lì e friggere il cablaggio in quell'edificio. Stanno venendo per una visita, quindi avevamo bisogno di una ragione per il suo malfunzionamento.»

«Senza l'incantesimo, non funzionerà con la semplice energia normale?» ho chiesto.

Lei ha preso un respiro profondo e l'ha lasciato uscire con un sospiro ventoso. «No. Funziona con la magia, e non puoi far sì che la magia diventi amica dell'elettricità. Dovremo aiutare Nathan a pagare un bel po' per ricablare tutto. L'ho fritto per bene.»

Stavo ancora ripensando al suo riconoscimento della sua esperienza di essere destinata a sposare Jacob. Con una scossa mentale, ho fatto un salto, un passo e un balzo nella mia mente e ho ripreso la conversazione da dove lei l'aveva lasciata. «Chi ha lanciato l'incantesimo originale per il faro?»

«La madre di Liam sta indagando. Il faro è stato costruito da un certo numero di famiglie all'epoca, quindi non siamo davvero sicuri. Ha funzionato bene per tutto questo tempo, quindi nessuno ha davvero dovuto pensarci. Ma conosci la madre di Liam. Lei lo rintraccerà per noi.»

In quel momento è entrato un cliente, ponendo fine al nostro piccolo tête-à-tête. La giornata è volata via, occupata con clienti nel negozio e facendo un sacco di soldi. La corsa verso le festività era un periodo abbondante per noi. Il Ringraziamento era la prossima settimana, e poi dicembre sarebbe stato semplicemente pazzesco. Speravo solo che potessimo risolvere il problema del faro prima di allora.

Era un bel problema, però. Un naufragio, il faro rotto, tre persone nascoste da un incantesimo di occultamento, e poi Nathan colpito in testa e chiuso in un armadio. Non sapevo se fosse solo magia o no.

CAPITOLO QUATTRO

Il giorno seguente, mia madre mi chiamò verso la fine del pomeriggio. Le gemelle erano in negozio per aiutare dopo la scuola, dandomi la possibilità di rispondere alla chiamata. Ero stata in movimento ininterrottamente tutto il giorno solo per stare al passo. Attraversando la tenda di perline verso il retro, risposi: «Ehi, mamma, che succede?»

«Lea è guarita!» esclamò.

Ci ho messo un attimo, ma poi ho capito. «Il suo cancro è sparito?»

«Sì!» mia madre praticamente mi urlò nell'orecchio. «Lei e Jacob sono andati a Portland oggi. Mi ha appena chiamato con la notizia. Sono già sulla via del ritorno. Voglio festeggiare, quindi stasera ceneremo a casa nostra. Per favore, vieni con Liam e porta le gemelle direttamente a casa con te».

Un senso di sollievo seguito da un'ondata di emozione mi attraversò. Avevamo scoperto della diagnosi di cancro di Lea solo l'estate scorsa perché l'aveva nascosta per mesi. Eravamo tutti preoccupati. Era andata a Portland per la chemioterapia, ma nessuno gliene aveva parlato, quindi eravamo anche preoccupati per come la chemio avrebbe influenzato i suoi poteri.

Le streghe si ammalavano di cancro, ma non sapevamo esattamente come questo influenzasse i poteri di una strega. Finora, l'unico momento in cui i suoi poteri sembravano risentirne era quando era stanca per i trattamenti.

«Mamma, le gemelle lo sanno?» chiesi.

«Non ancora. Lea voleva dirglielo personalmente, quindi non dire una parola».

Avrei voluto correre davanti, abbracciarle e dire loro che la madre sarebbe stata bene, ma mi vantavo di essere la persona meno incline al dramma nella nostra famiglia. Avrei tenuto la bocca chiusa.

Dopo aver verificato se mia madre avesse bisogno che portassi qualcosa per cena, tornai al lavoro, sollevata che fosse troppo affollato per parlare molto con le gemelle. Mandai un messaggio a Liam, e lui accettò di incontrarmi a casa dei miei genitori quella sera. Una volta chiuso il negozio, caricai le gemelle in macchina con me e sfrecciammo verso casa.

Sapendo che il vialetto circolare dei miei genitori sarebbe stato affollato, parcheggiai vicino alla mia rimessa, poi percorremmo la breve distanza fino alla casa dei miei genitori.

La mia famiglia possedeva un enorme pezzo di terreno di prima qualità proprio su una scogliera che si affacciava sull'Oceano Atlantico. Dubitavo che potessimo permettercelo ai prezzi di oggi, ma quando la mia famiglia si stabilì qui, la costa ventosa del Maine era scarsamente popolata. La mia famiglia, insieme ai Good e alcune altre famiglie, si erano trasferite qui per sfuggire alla nascente isteria sulle streghe a Salem. I nostri antenati avevano sperato che la distanza creasse sicurezza, e così fu. Grazie a quella scelta lungimirante, Charm Cove era diventata uno dei centri di streghe più potenti al mondo. Eravamo rimasti sotto i radar per secoli e preferivamo così. A quel tempo, non era facile arrivare qui. Quello che oggi è un giorno di macchina, allora era un viaggio di settimane.

La mia famiglia aveva rivendicato diverse centinaia di acri lungo la costa. C'era una vecchia casa colonica coloniale, un cottage del custode, una cabina del giardiniere e la vecchia rimessa per carrozze. Mi era stata assegnata la vecchia rimessa dopo la morte della madre di mio padre.

Celia e Delia saltellarono con me mentre camminavamo da casa mia. Fortunatamente, la nostra numerosa famiglia faceva abbastanza cene improvvisate da non far sorgere domande sul perché stessimo cenando senza preavviso. Speravo solo che Lea e Jacob fossero già qui, così le ragazze potevano ricevere subito la notizia.

La casa dei miei genitori era situata in alto su una scogliera sopra l'acqua, con il porto nel centro di Charm Cove visibile in lontananza. La casa colonica coloniale era stata costruita nel 1700 dai miei antenati. Naturalmente, erano stati fatti aggiornamenti nel corso degli anni. Era dipinta di verde salvia con un tetto in acciaio inossidabile rosso ciliegia.

Spingemmo la porta principale, il suono riecheggiò nell'atrio mentre si chiudeva dietro di noi. Una fredda folata d'aria ci seguì all'interno. Percorremmo il corridoio ed entrammo in cucina attraverso la porta. La classica casa coloniale aveva un ingresso principale con una scala curva che portava al piano superiore. Il pianerottolo superiore conduceva a un corridoio con stanze su entrambi i lati.

Al piano principale, il corridoio attraversava il centro della casa. Un soggiorno, un salotto e una sala da pranzo erano su un lato, e una massiccia cucina e un'area da pranzo più informale erano sull'altro lato.

La cucina era calda e accogliente. Un'ampia isola si trovava al centro della stanza. Sulla parete posteriore, un bancone correva per circa metà della lunghezza della stanza con un forno a legna, che mia madre ancora giurava di preferire anche se lo usava solo per cuocere al forno. C'erano anche un forno a gas e un piano cottura. Sul fondo della stanza c'era una grande finestra a bovindo che si affacciava sull'oceano dietro la casa. Un tavolo da pranzo rotondo era posto nell'alcova creata dalla finestra a bovindo. Una veranda con zanzariere correva lungo il retro della casa.

Fui contenta di vedere che zia Lea era già qui. Era appoggiata con i gomiti al bancone, chiacchierando con mia madre e sua sorella Penelope. Nel frattempo, mio padre, zio Jacob, Liam, e mia cugina Emma erano al tavolo. Le gemelle erano state una sorpresa per zia Lea e zio Jacob. Emma ed io avevamo la stessa età ed eravamo adolescenti quando nacquero le gemelle.

Un coro di saluti ci accolse, e salutai tutti con un cenno. Le gemelle saltellarono verso il bancone della cucina e afferrarono immediatamente fette di pane fresco che zia Penelope stava tagliando. Speravo che zia Lea non intendesse aspettare per dare la notizia alle gemelle.

Allungando le mani verso di loro, intrecciò le dita attorno ai loro gomiti, tirandole vicino a sé. «Ragazze, stasera si festeggia».

«Per cosa?» chiesero le gemelle all'unisono.

«Beh, oggi sono andata a Portland e ho ricevuto una bella notizia. Sono libera dal cancro».

Celia e Delia rimasero in silenzio per un momento mentre si concentravano sulla loro madre. Poi Delia gettò le braccia attorno alla madre con Celia che la seguiva. Seguì un po' di pianto e un lungo abbraccio.

Chiaramente, il resto della stanza già lo sapeva perché un senso di sollievo era evidente sui volti di tutti. Sebbene zia Lea sembrasse aver preso la sua diagnosi con calma, era stato uno stress che incombeva su tutti noi mentre ci preoccupavamo e speravamo che stesse bene.

Dopo quel momento emotivo, la cena continuò come al solito quando eravamo così tanti insieme. Dovemmo aggiungere alcune sedie extra per entrare tutti attorno al grande tavolo vicino alla finestra, ma non passò molto tempo prima che fossimo tutti seduti con una pila di pane fresco affettato al centro del tavolo, zuppa di aragosta e una casseruola di frutti di mare.

Fu un puro caso che mi ritrovassi seduta accanto a Liam, anche se non mi avrebbe sorpreso sapere che tutti gli altri al tavolo avevano cospirato per assicurarsi che fossimo l'uno accanto all'altra. Non mi dispiaceva. Mi fece l'occhiolino mentre mi passava il pane. La conversazione alla fine si spostò sull'argomento previsto di cosa fare con il faro.

Penelope iniziò. «Sono andata a trovare Nathan oggi. Non riusciamo a capire come far funzionare quel faro. Mentre ero lì, due uomini della Guardia Costiera si sono fermati e hanno detto che credevano si trattasse di sabotaggio. Daniel fa parte dell'indagine, ma la Guardia Costiera sta prendendo in carico l'indagine sul faro. Il faro deve funzionare. Anche con tutte le moderne comodità, ci si aspetta che i fari funzionino e servano da backup quando i sistemi di navigazione elettronici falliscono. Secondo la Guardia Costiera, la notte del naufragio, il GPS e tutte le apparecchiature della bussola si sono guastate sulla barca che si è schiantata. Qualcuno voleva che quella barca si schiantasse, e non voleva che il faro funzionasse. Niente di tutto ciò ha senso perché non credo che si possa sabotare la magia. Ma poi Nathan mi ha raccontato di quando è stato chiuso nell'armadio...» Penelope fece una pausa e sospirò, scuotendo la testa prima di prendere un boccone della sua zuppa di aragosta.

A questo punto parlò mia madre. «Penso che sia stata una combinazione di cose. Quanto tempo abbiamo a disposizione?»

«Per cosa?» chiese mia cugina Emma.

«Quanto tempo ci vorrà per riparare tutto l'impianto elettrico che è stato bruciato? Perché immagino che sia circa il tempo che abbiamo per rimettere l'incantesimo sul faro».

«Probabilmente una buona settimana o più. È un edificio grande, e Lea ha fatto in modo di bruciare tutto. C'è un sacco di lavoro elettrico, compreso il taglio di alcune pareti», offrì mio padre.

«È necessario che il faro funzioni con la magia?» cinguettò Delia.

Jacob rispose: «Sarebbe certamente meglio. È molto più preciso del modo moderno di fare le cose. Funzionerà anche durante una brutta tempesta e quando tutto il resto si guasta».

«Oh. Intendi dire che i fari normali con l'elettricità non funzionano durante le tempeste?» chiese Delia.

Zio Jacob scosse la testa. «I fari hanno generatori di backup in caso di tempeste, ma l'incantesimo è efficace in ogni caso e lo è stato per secoli. Ha resistito anche mentre venivano apportati miglioramenti al faro».

Liam si appoggiò allo schienale della sedia, appoggiando il braccio sulle mie spalle. La conversazione continuò con alcune domande sulle tre persone scomparse quella notte sulla barca.

«Cosa sai di Amy Lévesque?» chiese Penelope, guardando mia madre.

«Solo perché ho lo stesso cognome da nubile non significa che sappia molto di lei. È una cugina molto lontana. Così lontana che non l'ho mai incontrata», rispose mia madre.

«È di Charm Cove?» chiese Celia.

Le gemelle erano infinitamente curiose. Speravo solo che potessimo mantenere la loro curiosità al minimo.

Liam parlò, sporgendosi in avanti sulla sedia. «Secondo mia madre, si è trasferita qui solo qualche mese fa. Prima viveva nel nord del Maine».

«Ma sappiamo che è una strega?» chiesi.

Zia Lea rispose: «Oh, sì. È sicuramente una strega, e Jared Booth è uno stregone. Viene da Salem, Massachusetts. La sua famiglia non se n'è mai andata».

«E cosa sappiamo di Clint Owens?» chiese Emma.

Guardai Liam perché sapevo che aveva controllato con sua madre. Lei sapeva qualsiasi cosa sulla genealogia delle famiglie in questa parte del paese.

Alzò le spalle. «Mamma non sa molto, se non che è di Brunswick, ed è un elettricista».

«Ci sono sicuramente alcune famiglie di streghe a Brunswick», aggiunse mia madre.

Più tardi quella sera, Liam ed io tornammo insieme alla mia rimessa. La sua mano era avvolta intorno alla mia, la sua presa forte e calda nella notte fredda. Il nostro respiro si condensava nell'aria, e i nostri passi scricchiolavano attraverso il sottile strato di neve sopra le foglie sul terreno.

Quando entrammo dalla porta, mi aspettavo che il mio gatto Ghost mi saltasse sulla spalla e poi sul pavimento. Era il suo modo preferito di salutarmi. C'era una mensola montata in alto sulla parete sopra la porta - Dio solo sa perché fosse lì in origine - e spesso vi faceva un pisolino.

Nessun Ghost, però. Guardando Liam, riflettei: «Mi chiedo dove sia Ghost. Non gli piace molto il freddo».

Liam si limitò ad alzare le spalle e si diresse verso il camino per accendere un fuoco. Nel frattempo, io uscii sul ponte posteriore e chiamai il nome di Ghost nella notte tranquilla e fredda.

«Ghost! Ghost!»

Fischiai dopo non aver ricevuto risposta.

Mentre stavo lì a guardare nell'oscurità, vidi la sua forma apparire nel bagliore soffuso proiettato dalla luce sul ponte posteriore. Sembrava che stesse arrivando dalla scogliera dietro la casa. Era andato lì quasi ogni notte dal naufragio. Anche questo di per sé era un altro mistero.

CAPITOLO CINQUE

La mattina seguente, dovetti scuotere la neve dai miei stivali prima di entrare al Magic Beans. Charm Cove aveva ricevuto un'altra leggera spolverata di neve la notte scorsa, e ci eravamo svegliati con un paesaggio cosparso di zucchero a velo con nuvole basse all'orizzonte e il sole che a malapena faceva capolino.

Oggi avevo appuntamento qui con Zoe. Zoe era una delle mie migliori amiche e, fortunatamente, era sposata con Daniel, il capo della polizia della città. Speravo che potesse avere più informazioni da Daniel sui vari eventi collegati al naufragio. L'incidente con Nathan continuava a lasciarmi perplessa.

Fin dalla sua notte non programmata nel ripostiglio, sembrava stare perfettamente bene. Eppure colpirlo in testa e spingerlo in un armadio sembrava un crimine piuttosto umano. Non che le streghe non fossero umane. Eravamo semplicemente potenziati.

Il caloroso sorriso di Sarah mi accolse da dietro il bancone. Preparò velocemente il mio caffè e me lo consegnò con uno scone ai mirtilli. Occupai un tavolo nell'angolo per aspettare Zoe. Non dovetti aspettare molto poiché fu la persona successiva a varcare la porta, con il campanello allegro sopra di essa che annunciava il suo arrivo.

Mi salutò con un cenno, spazzando via i suoi capelli ricci dal viso mentre si affrettava verso il bancone. Nel giro di pochi minuti, si sedette sulla sedia di fronte a me con un caffè e il suo scone ai mirtilli. Avvolgendo le mani attorno alla tazza calda, sospirò felice. «Ho dimenticato di riscaldare l'auto prima di uscire questa mattina, quindi il riscaldamento si stava appena attivando quando sono arrivata qui. Ho le mani congelate».

Mordendo il mio scone, le sorrisi. Dopo aver finito di masticare, commentai: «Sarebbe stato okay se fossi arrivata in ritardo. Ci stiamo solo incontrando per un caffè».

Zoe si strinse nelle spalle, i suoi occhi marroni che si increspavano agli angoli. «Beh, so che devi essere al negozio, quindi cerco di essere puntuale».

«Lo apprezzo, ma non è la fine del mondo. Mi piace semplicemente prendere un caffè con te. Allora, qualche novità da Daniel?» chiesi, andando dritta al punto.

Zoe prese un sorso del suo caffè e scrollò le spalle. «Non proprio. Non credo che lui sappia più di te».

«Daniel ha menzionato qualcosa sulle tre persone che sono "riapparse" dopo essere state nascoste sulla spiaggia?» chiesi, usando le virgolette aeree.

«Sta mantenendo il riserbo su questo, ma posso dirti quello che so. Amy Lévesque è amica di Rachel Ouellette. Conosci la famiglia che possiede tutti quei terreni boschivi?»

«Oh. Eh? Cosa c'entra questo con tutto il resto?»

«Beh, ho incontrato Rachel al negozio, e mi ha detto che il ragazzo di Amy, Clint, è un elettricista che lavora per l'azienda incaricata di fare le riparazioni al faro. Sono un sacco di soldi per le riparazioni, quindi l'ho menzionato a Daniel. Vedremo se farà delle verifiche. Non che me lo farà sapere», aggiunse con un'alzata di occhi al cielo.

Zoe cercava continuamente di convincere Daniel a tenerla informata sulle questioni di polizia che coinvolgevano le streghe, mentre Daniel cercava continuamente di stabilire dei limiti.

«Pensi davvero che il ragazzo di Amy c'entri qualcosa?»

«Beh, riceverà migliaia e migliaia di euro per ricablare tutto quel faro».

Considerando il suo commento, presi un sorso di caffè. «Ma come avrebbero potuto saperlo se sapevano che il faro funzionava con la magia?»

Zoe scrollò le spalle. «Non lo so».

«E poi, hanno pianificato il naufragio?» chiesi, con crescente scetticismo. «Sembra un po' assurdo».

«Beh, se tutta la cosa fosse stata pianificata, allora forse non era un così grosso problema. Non so, è solo qualcosa da considerare. Perché ci scommetto quello che vuoi che l'azienda per cui lavora sarà quella che otterrà l'incarico di riparare il Faro di Beacon's Charm».

Riflettei su questo mentre finivamo i nostri caffè. «Vuoi incontrarci più tardi all'Enchanted Spirits?» chiesi mentre mi alzavo dal tavolo.

Zoe uscì con me. «Certo. Forse riuscirò persino a convincere Daniel a prendere un drink dopo il lavoro».

Mi lasciò un bacio sulla guancia fuori dal Magic Beans, poi si diresse verso la sua auto mentre io attraversavo il prato per aprire Persnickety Potions & Gifts. Adoravo le prime mattine d'inverno quando sembrava che la città stessa si stesse svegliando. Le luci si accendevano nei negozi, e il sole stava sorgendo all'orizzonte, i suoi raggi che brillavano sul paesaggio scintillante e ghiacciato.

Nonostante l'aria fredda, non mi sorprese vedere Beatrice Powers sfrecciare attraverso il prato con il suo gruppo di power walking. Il loro numero diminuiva in inverno, ma alcuni irriducibili continuavano tutto l'anno. In testa, naturalmente, c'era la stessa Beatrice. Mi salutò con la mano mentre mi passava accanto, esclamando: «Più tardi sarò al negozio per vederti».

Ricambiando il saluto, attraversai la strada. Con un movimento del polso, eliminai l'incantesimo di protezione sulla porta d'ingresso e mi feci entrare. Preparando il negozio per i clienti, girai il cartello su "aperto", accesi il computer e sistemai le decorazioni natalizie.

Nel giro di pochi minuti, il campanello sopra la porta tintinnò, e i clienti iniziarono a girovagare per il negozio. Fui sollevata quando a metà mattina arrivò con la posta una consegna di gioielli da uno dei gioiellieri che frequentavamo a Portland. Avevamo un disperato bisogno di rifornire i braccialetti con ciondoli e gli anelli.

Li smistai rapidamente, organizzandoli nella vetrina e lanciando incantesimi su ciascuno. I nostri braccialetti portafortuna e anelli con ciondoli erano davvero incantati. Naturalmente, gli incantesimi erano benigni nel senso che erano tocchi leggeri, destinati ad alleggerire l'umore di chi li indossava. Ma comunque, gli incantesimi rendevano i nostri braccialetti e anelli popolari, anche se la maggior parte delle persone non aveva idea del perché li apprezzasse così tanto.

Intorno all'ora di pranzo, ci fu una pausa nel flusso dei clienti perché tutti gli acquirenti fuori città si erano fermati per pranzare. Casualmente, Beatrice Powers passò proprio allora. Si era cambiata dalla sua tenuta da passeggiata di leggings in pile aderenti e una giacca, in una calda vestaglia di lana e jeans con stivali di pelle allacciati. Con i suoi capelli argentati corti e gli occhi marroni scintillanti, Beatrice era sempre un piacere con cui chiacchierare. Era magra come un levriero e tendeva a vibrare di energia anche quando non camminava a velocità supersoniche.

«Ciao, Moira», mi chiamò mentre si avvicinava al bancone.

Alcuni clienti stavano curiosando nell'angolo in fondo, ma avevo già dato loro assistenza, quindi potei rivolgere la mia attenzione a lei. «Ciao, Beatrice, cosa posso fare per te oggi?»

Si fermò davanti al bancone, appoggiando le mani sulla sua superficie di vetro. Il nostro bancone fungeva anche da vetrina espositiva. Guardò in basso, picchiettando un'unghia rosso lucido su un anello portafortuna con un'ametista incastonata al centro. «Ecco ciò che mi serve. Quello», disse con fermezza. «È per mia figlia. Se non ti dispiace, fammi sapere con cosa è incantato perché lo amplificherò».

Beatrice era anche una strega e discendeva da un'antica famiglia di streghe. Si era sposata nella famiglia Powers. Come i Wicked e i Good, la sua famiglia e i Powers erano fuggiti dall'area di Salem anni prima dei processi alle streghe di Salem quando la minaccia si diffondeva nella zona tramite sussurri e segreti. I Powers arrivarono a Charm Cove non molto tempo dopo le famiglie fondatrici, e lei si era sposata nella famiglia. Suo marito era scomparso, e sua figlia viveva a poche città di distanza con l'uomo che aveva sposato dopo il college.

Beatrice un tempo era considerata una delle streghe più potenti di Charm Cove, e scommettevo che lo fosse ancora. Tuttavia, non era molto attiva nella comunità ormai, e si teneva per sé. Vivendo nella casa originale della sua famiglia sul prato della città, guidava il suo gruppo di power walking e solo occasionalmente si coinvolgeva nel mondo delle streghe.

Nonostante il suo basso profilo, avevo imparato che teneva le orecchie ben aperte e sapeva cosa stava accadendo in ogni momento.

«Puoi incantarlo come desideri, Beatrice. L'unico incantesimo che abbiamo aggiunto è per sollevare l'umore. È tutto quello che facciamo».

«Niente incantesimi d'amore?» chiese con un sorriso malizioso.

«Assolutamente no», risposi con una risata.

«Tua zia Lea non era mai contraria».

Per la prima volta, sentii che Beatrice stava alludendo a qualcosa riguardo a Liam e me. Non dubitavo nemmeno per un secondo che fosse a conoscenza dei pettegolezzi su di noi – come chiunque a Charm Cove potesse perderli era oltre la mia comprensione – ma rimaneva sotto il radar con le sue opinioni.

Mi limitai a sorridere e scrollare le spalle. «Sei sicura che questo è quello che vuoi?»

Al suo cenno, estrassi l'anello dalla vetrina e andai a prendere una scatola. «Ti serve incartato?» chiesi da sopra la spalla prima di andare sul retro.

«Sì, per favore».

Presi una scatola e un set di carta già preparata e fiocchi che le gemelle avevano approntato l'altro giorno prima di tornare rapidamente al bancone anteriore. Mentre incartavo l'anello portafortuna, guardai Beatrice. «Cosa hai sentito dire sul faro e sulle tre persone che erano nascoste dall'incantesimo di occultamento sulla spiaggia?»

Beatrice tamburellò le dita sul bancone, il suo sguardo pensieroso. «In realtà non molto. E questo mi preoccupa. Penso che sia stato un lavoro di qualcuno non del posto».

Piegando i bordi della carta da regalo, considerai il suo commento. «Posso capirlo», risposi mentre legavo il fiocco intorno alla piccola scatola. «Ma chi avrebbe potuto avere abbastanza potere al di fuori di Charm Cove per rompere l'incantesimo sul faro? Voglio dire, diciamocelo, nemmeno le vecchie famiglie di Salem hanno più quel tipo di potere».

Beatrice rimase in silenzio per un momento. «Lo so. È questo che mi preoccupa. Perché hai ragione. Non conosco molte famiglie che hanno così tanto potere, certamente molto poche. Forse alcune qui e forse alcune dall'Europa. Qualunque cosa pensiamo, nessuna delle persone su quella barca aveva abbastanza potere. Non abbiamo sentito neanche una parola da nessuno di loro in giro per la città. Uno è una strega, l'altro è uno stregone, ma la terza persona è solo un uomo. Se ho capito bene, erano sulla spiaggia, completamente invisibili a tutti voi. Qualche ora dopo, si sono presentati alla stazione di polizia. Se quell'uomo con loro non sapesse che potenzialmente hanno poteri, penso che sarebbe stato un po' spaventato».

«Niente di tutto questo ha senso», aggiunsi. «Zoe si chiede se abbia qualcosa a che fare con i lavori elettrici sul faro. A quanto pare, Amy Lévesque esce con Clint Owen, che lavora per l'appaltatore che ha fatto offerte per il lavoro al faro. Non so se credo a questa teoria, però. Come avrebbero potuto sapere che qualcuno avrebbe finito per friggere l'elettricità su quel faro? È un grande lavoro, ma sembra assurdo che avrebbero potuto saperlo in anticipo».

Infilando la scatola incartata in una delle nostre borse di carta natalizie, la porsi a Beatrice e registrai l'acquisto. Beatrice annuì, torcendo la bocca con un sospiro. «Sono d'accordo; non ha molto senso. Ma nient'altro sta emergendo sul radar, e io presto attenzione, cara».

«Lo so che lo fai. Se è qualcuno di fuori città, cos'altro potrebbero volere? Perché il contratto elettrico è locale».

«Ha qualcosa a che fare con il faro. Questo è sicuro. Dobbiamo solo capire chi trae beneficio dalla rottura di quell'incantesimo. Che lanciamo un altro incantesimo sul faro o no, possiamo ricablarlo per farlo funzionare. Quindi è un enigma sul perché qualcuno vorrebbe rompere l'incantesimo», rifletté Beatrice.

«Cosa sai di quelle tre persone?» chiesi.

Beatrice fece una pausa, inclinando la testa di lato. «Beh, sono giovani. Amy e il suo ragazzo sono più giovani di te. Il capo del suo ragazzo riceverà un bel gruzzolo per quel lavoro, ma questo è tutto quello che so. Lo stregone con loro era Jared Booth. Non ho sentito molto della sua famiglia da anni. Sono tutti sopravvissuti ai processi alle streghe di Salem e sono riusciti a convincere la città che non ne facevano parte. Secondo la madre di Liam, uno dei loro parenti ha testimoniato contro una delle streghe che è stata giustiziata. Se abbiano continuato a praticare la magia è una buona domanda. Quanto all'uomo con loro, non so praticamente nulla di lui, tranne che è il ragazzo di Amy ed è un elettricista. Non ha poteri. Ci si aspetterebbe che l'incantesimo di occultamento lo avrebbe spaventato», disse con un brusco scuotimento della testa.

«Chiunque abbia messo fuori combattimento Nathan probabilmente non era una strega. Altrimenti, sarebbero stati più sottili».

«A meno che non stiano cercando di depistare le nostre indagini», aggiunse Beatrice.

«Ho pensato anche a questo», dissi con un sospiro.

«Beh, ho invitato la zia di Amy a prendere il tè. È una vecchia amica. Vedrò cosa posso scoprire», disse mentre mi porgeva la sua carta di credito.

«Fai pure», dissi proprio mentre un altro cliente si avvicinava al bancone.

Beatrice non perse un colpo, rimettendo velocemente la sua carta di credito nella borsa dopo che l'avevo scansionata e le avevo restituito la ricevuta. «Ci vediamo più tardi, cara», disse mentre si allontanava.

Il resto del pomeriggio volò via. Ero troppo occupata per pensare molto, e sospirai di sollievo quando le gemelle arrivarono dopo la scuola. Stavamo facendo soldi a palate, ma avevo bisogno di più mani sul ponte.

Dopo la chiusura del negozio, feci un rapido controllo in giro. Alla fine della giornata, era tranquillo e pacifico e sembrava il mio piccolo dominio. Risi tra me e me mentre lanciavo l'incantesimo di protezione sulla porta sul retro. Chi avrebbe pensato un anno fa che sarei stata felice di essere tornata qui?

Certamente non io. Ma poi ero stata a New York a lottare per vivere una vita senza streghe e nascondere il mio vero io. Era stato un completo fallimento. Mi era mancata casa, ed era stato difficile nascondere chi ero. Avevo anche sempre avuto quel dubbio fastidioso in fondo alla mia mente riguardo a Liam. Mi era mancato profondamente anche se non sapevo che era già divorziato. Il suo matrimonio era stato di breve durata.

Dopo aver controllato davanti, uscii dall'ingresso principale. Con un movimento del polso, lanciai un incantesimo di protezione sulla porta e infilai le chiavi nella mia borsa prima di dirigermi attraverso il prato verso l'Enchanted Spirits.

CAPITOLO SEI

Rannicchiata nell'angolo del separé, avevo Liam premuto contro di me. Il che non mi dispiaceva, tra l'altro. Nemmeno un po'. Quell'uomo era tutto muscoli, ed era caldo. La mia giacca oggi si era rivelata troppo leggera per il tempo. L'inverno aveva finalmente afferrato l'aria tra i denti e non la stava lasciando andare. Mi ero raffreddata durante la breve camminata fino a qui.

Appena arrivata, Liam era entrato dietro di me insieme a Nathan, Zoe, Daniel e mia cugina Emma. Avevamo preso l'unico separé disponibile, che non era abbastanza grande per tutti noi. Daniel non indossava l'uniforme, il che era un sollievo. Nathan alzò il braccio, attirando l'attenzione di una cameriera. Lei si fermò al tavolo, e lui le rivolse un sorriso civettuolo.

«Ci porti una caraffa di birra, per favore», disse Nathan.

«Subito, tesoro. Qualcos'altro?» chiese la cameriera, passando lo sguardo su tutti noi.

«Questo dovrebbe bastare per iniziare. Sappiamo cos'altro vogliamo ordinare?» chiese Zoe, guardando velocemente tra noi.

«Io prendo fish and chips», proposi.

Dopo di che caddero i pezzi del domino con tutti che biascicavano rapidamente cosa volevano. Era meglio ordinare il prima possibile qui, altrimenti si rischiava di dover aspettare parecchio. La cameriera annotò gli ordini di tutti e poi si allontanò in fretta.

Nathan non aspettò, rivolgendo subito lo sguardo a Daniel. «Allora, quali sono le novità?»

Daniel ridacchiò e scrollò le spalle. «Sono fuori servizio, amico. E poi, sai che non mi piace mischiare lavoro e piacere».

Zoe alzò gli occhi al cielo e gli diede una gomitata. Erano una coppia ben assortita e si erano frequentati al liceo prima di sposarsi. I riccioli e gli occhi castani di Zoe si abbinavano ai colori di Daniel, anche se i suoi capelli scuri erano lisci.

Nathan si appoggiò allo schienale, posando la mano mollemente sul tavolo. «Questa volta sono stato io la vittima, altrimenti non te lo chiederei. Qualcuno mi ha colpito in testa e mi ha chiuso in un maledetto armadio. Il minimo che puoi fare è darmi un aggiornamento».

Daniel scrollò le spalle. «Vorrei avere più notizie per te. Sono perplesso riguardo a questa faccenda. Peccato che tu fossi privo di sensi perché saresti stato l'unico testimone che abbiamo finora».

Nathan si passò una mano tra i capelli. «Giusto. Vorrei solo che avessimo qualcosa su cui indagare».

Daniel lanciò uno sguardo intorno al tavolo. «Sentitevi liberi di passare dalla stazione se ci sono indizi. I nostri tre passeggeri della barca scomparsi non sembrano sapere molto. O almeno sostengono di non sapere un accidente».

Nathan sospirò profondamente e scosse la testa. «Beh, pensi che sappiano qualcosa, o sono all'oscuro come il resto di noi?»

Daniel scrollò le spalle. «Non ne sono sicuro. Sto lasciando che le cose rimangano tranquille per vedere che tipo di polvere possiamo sollevare. Ora, se non vi dispiace, rilassiamoci».

Zoe intervenne. «Gli ho promesso che ci saremmo solo rilassati».

La conversazione proseguì, almeno al nostro tavolo. Ciò non impedì ad alcuni del posto di fermarsi al tavolo per chiedere a Daniel cosa sapesse. Un naufragio sulle rive di Charm Cove e un faro rotto al Faro di Beacon's Charm erano comunque notizie, in ogni caso.

Sebbene Daniel non l'avesse mai detto esplicitamente, sospettavo che fosse venuto su invito di Zoe proprio nel caso avesse sentito delle voci.

————

Più tardi quella sera, mi appoggiai alla spalla di Liam sul divano mentre guardavamo la televisione, e un fuoco tremolava nel caminetto. Ghost era acciambellato nell'angolo opposto del divano, facendo le fusa abbastanza sonore da essere udite in tutta la stanza.

«Opal è passata dall'ufficio l'altro giorno», disse Liam, con la voce che risuonava come un brontolio contro il mio orecchio.

Mi tirai indietro per guardarlo negli occhi. «Davvero?»

Tra le altre cose, Liam lavorava nella società d'investimento della sua famiglia, gestendo conti online. Annuì mentre le sue dita setacciavano le punte dei miei capelli.

«Sì, ha portato gli anelli».

Una piccola fitta d'ansia mi attorcigliò lo stomaco. «Gli anelli?»

Liam si spostò, appoggiandosi indietro mentre io mi raddrizzavo, i suoi occhi che scrutavano il mio viso. «Non agitarti. Secondo lei, è stata responsabile della protezione dei due anelli che dovremmo indossare dopo il nostro fidanzamento. Li ha portati perché pensa sia arrivato il momento che li custodisca io».

Le sue parole erano calme e misurate, ma il mio cuore iniziò a martellarmi nel petto. Razionalmente, sapevo che non mi stava mettendo pressione, ma non ero ancora sicura di cosa pensare. Nessuno nella nostra famiglia mi aveva menzionato questa parte del nostro destino. Cioè, mi aspettavo che avremmo indossato degli anelli perché è quello che fanno le persone, ma non avevo la minima idea che fossero coinvolti degli anelli *speciali*.

«Non ho mai sentito nulla di questi anelli prima. Tu?»

Scosse la testa. «No. Ho pensato che dovevo dirtelo, così non vai nel panico se qualcun altro te ne parla».

«Ha detto altro?»

Un altro scuotimento della testa. «Rilassati, Moira. Rilassati», disse, con un tono basso e rassicurante.

In qualche modo, lui gestiva la pressione delle nostre famiglie molto meglio di me. Non dubitavo dei miei sentimenti per lui—nemmeno un po'—eppure non sopportavo bene il peso collettivo delle aspettative delle nostre famiglie.

Feci un respiro profondo e lo lasciai andare con un sospiro tremante. «Sono felice di essere a casa, e sono felice di stare con te, ma, Dio, vorrei che le nostre famiglie la smettessero a volte».

«Lo so. Ignorali e basta», mormorò. Abbassò la testa, catturando le mie labbra in un bacio.

Nulla era mai veloce quando si trattava di baciare Liam Good. Wicked e Good stavano molto bene insieme.

CAPITOLO SETTE

«Moira!» gridò Opal mentre entrava come una furia nel negozio, portando con sé una folata di vento gelido e neve turbinante.

Oggi era freddo e grigio, con la neve che minacciava di cadere, volteggiando in cerchi con il vento. Il vento soffiava dall'Oceano Atlantico e l'aria fuori profumava di legna bruciata. Una vera tempesta di neve sarebbe arrivata presto. Lo sentivo. Forse non oggi, ma sicuramente a breve.

Opal indossava un cappotto di lana rosso scuro. Non si era nemmeno preoccupata di mettersi un cappello nonostante il freddo. Era sempre impeccabile, e oggi non faceva eccezione. Con i suoi capelli argentati ancora striati di scuro raccolti in uno chignon e gli occhiali rossi in tinta con il cappotto, indossava una lunga gonna nera di lana e stivali. Nonostante il vento probabilmente l'avesse spinta attraverso il parco fino al mio negozio, non aveva nemmeno un capello fuori posto.

I suoi occhi azzurri e penetranti scrutarono il mio negozio, senza dubbio contando il numero di clienti. Opal gestiva il negozio della famiglia Good, Beauty Bewitched, ma non eravamo esattamente concorrenti. In effetti, le nostre attività si completavano a vicenda. I due negozi erano stati fondati secoli fa, ben prima che si sviluppasse quella faida tra le nostre famiglie durata un secolo, che aveva portato all'incantesimo che decretava che avrei dovuto sposare Liam.

La mia mente tornò alla sera precedente e agli anelli che Liam aveva menzionato. Scacciai rapidamente quel pensiero. Anche se ero sicura che Opal potesse darmi maggiori informazioni sugli anelli, non ero proprio dell'umore giusto.

Non con un negozio pieno di clienti e tanto da fare oltre a rimuginare sul mio presunto destino. Non che il mio destino fosse una cosa negativa. Ero abbastanza sicura di essere piuttosto innamorata di Liam, eppure non conoscevo nessuno a cui piacesse che l'intera famiglia dettasse cosa dovesse fare e quando, certamente non a me.

Prima che Opal mi raggiungesse, una cliente si avvicinò al bancone. Opal si occupò di sistemare un'esposizione di decorazioni natalizie mentre aiutavo la donna a scegliere un braccialetto con ciondoli per sua figlia come regalo di Natale. Dopo aver servito altri clienti, finalmente ebbi un momento per parlare con Opal. Era sempre così gentile e aveva atteso educatamente finché non ci fosse stata una pausa.

Con lo sguardo che scrutava ancora una volta la stanza, constatò, come feci anch'io, che i clienti rimasti erano occupati. Appoggiò il fianco contro il bancone, tamburellando le unghie trasparenti sul vetro.

«Bene, cara, dobbiamo discutere del Charm Fest.»

Come un fulmine, improvvisamente mi ricordai. I Wicked e i Good avevano organizzato una celebrazione annuale delle festività per la città ogni anno negli ultimi secoli. Alcune delle altre famiglie fondatrici aiutavano, ma le nostre famiglie erano considerate le uniche e vere fondatrici della città. I Bishop si erano trasferiti poco dopo di noi, insieme ai Powers e ad alcune altre famiglie, eppure noi eravamo considerati i fondatori, quindi in qualche modo era nostro compito ospitare questo evento ogni anno.

Non avevo certamente considerato questa responsabilità quando avevo preso in gestione il negozio. Ma non era uno scherzo, e dovevo darmi da fare, tipo già da ieri. Mi diedi una scossa mentale e finsi di essermi ricordata.

«Oh, giusto. Dovremmo incontrarci. Forse non ora. Potremmo cenare al Charm Café? Dovremmo invitare qualcun altro? Non ho nemmeno pensato di chiedere a zia Lea chi fosse coinvolto nella pianificazione.»

Opal annuì con decisione. «Dovremmo incontrarci per cena al Charm Café questa sera. Non portare Liam con te, però. Non sarà di alcun aiuto, non finché non avremo deciso chi fa cosa.»

Non che mi aspettassi che Liam volesse venire, ma questo mi innervosì. «Quindi gli uomini non aiutano affatto?»

Opal sollevò la spalla in un elegante scrollata. «Noi facciamo la pianificazione, e poi diciamo loro cosa fare. Sono sicura che Liam farà qualsiasi cosa tu voglia. Quell'uomo è completamente perso per te.» Alzò un po' gli occhi al cielo e sbuffò. «Spero che voi due la smettiate di ballare intorno al vostro destino.»

Ignorai quella parte dei suoi commenti. Dopo aver appreso degli anelli, ci avevo pensato la notte scorsa. Considerando che sapevo cosa volevo - lui - mi era venuto in mente che fidanzarsi avrebbe potuto attenuare un po' le chiacchiere su di noi all'interno delle nostre famiglie.

Avevo tutta l'intenzione di sposare Liam. Volevo solo farlo alle mie condizioni.

Tornando a concentrarmi su Opal, annuii. «Perché non ci incontriamo alle sei? Chiudo alle cinque e mezza, quindi avrò il tempo di chiudere il negozio e camminare fino al café. Dovrei chiamare mia madre, Lea e Penelope?»

Non ero mai stata invitata a una di queste riunioni di pianificazione, ma sapevo che lo facevano tutte insieme perché mia madre era stata coinvolta ogni singolo anno quando crescevo.

«Certo che dovresti. Io inviterò Alice e alcune altre. Di solito viene anche Beatrice. D'accordo, cara, ci vediamo dopo», disse, sistemandosi il cappotto.

Detto questo, si girò di scatto, e un'altra folata di aria fredda e qualche fiocco di neve entrarono dalla porta quando uscì.

Il resto del pomeriggio fu intenso, ma non vedevo l'ora che arrivasse la serata. Sebbene avessi avuto un momento di trepidazione quando mi resi conto che ora stavo assumendo parte della responsabilità per l'annuale festa natalizia artistica di Charm Cove, passò rapidamente, trasformandosi in un ronzio di anticipazione. Non vedevo l'ora di incontrarmi per cena e iniziare a pianificare. Inoltre, avrei avuto un'altra opportunità di tenere le orecchie aperte per eventuali pettegolezzi sul relitto e il faro.

———

Con una leggera nevicata, mi strinsi la giacca attorno alle spalle mentre camminavo rapidamente attraverso il parco cittadino. Le luci natalizie brillavano attraverso la neve che volteggiava leggera nel vento, e la luna stava sorgendo sopra l'oceano in lontananza. Era una splendida serata invernale, il tipo di notte che ispira dipinti. O meglio ancora, fotografie per cartoline.

Ridendo tra me e me, attraversai il parco fino a Wicked Way. Quando svoltai su Main Street, le luci festive delle vetrine e delle case brillavano nell'oscurità. Charm Cove aveva ancora vecchie lanterne di vetro, anche se non erano più alimentate da candele. La città doveva stare al passo con i tempi e le aveva convertite all'elettricità. Potremmo essere conosciuti per le nostre vie stregate e praticamente immersi nella storia, ma ci vantiamo di rimanere moderni.

Il Charm Café si trovava in una casa ristrutturata in stile cape, una delle probabili milioni nel Nord-Est. Forse sto esagerando. Lo stile Cape Cod di piccole case quadrate, di solito con abbaini al piano superiore, era popolare in tutta la Nuova Inghilterra ed era così da secoli. Nello stile classico, la porta d'ingresso conduceva al centro con una scala proprio in mezzo. Da un lato c'era solitamente un salotto e dall'altro una zona pranzo. Un corridoio stretto conduceva a una cucina sul retro e forse un bagno. Le camere da letto e un bagno erano al piano di sopra.

Poteva esserci o meno un bagno al piano di sotto, a seconda

di quanto fosse vecchia la casa. Come molte case della zona, una cantina vecchio stile sottostante aveva canali scavati nel granito per far scorrere l'acqua attraverso il seminterrato quando tutto si scioglieva in primavera. La mia famiglia li aveva lasciati in posizione, se non altro perché erano estremamente pratici. A quei tempi, ci si aspettava che le cantine avessero infiltrazioni d'acqua ogni primavera, ma gli edifici di oggi non invitavano l'acqua all'interno.

Alcune di quelle vecchie case in stile cape conservavano tutte le caratteristiche originali, ma molte erano state aggiornate. Alcune avevano persino vecchi tetti di ardesia. La casa della mia famiglia era più in stile coloniale con tutto aggiornato, compreso un tetto rosso brillante che le donava un aspetto allegro.

Il Charm Café sembrava adorabile dall'esterno. La vecchia casa era stata ridipinta in una tonalità tenue di lavanda. Allegre luci natalizie erano appese intorno ai tetti. Entrando dall'ingresso principale, le scale portavano a quella che ora era la cucina del ristorante. Le due stanze principali al piano di sotto erano state convertite in sale da pranzo con un bar sul retro dove una volta c'era la cucina della casa nella sua vita precedente. In estate, il patio offriva più posti a sedere per la cena, insieme a una vista spettacolare sull'Oceano Atlantico.

Battei gli stivali sulla soglia mentre entravo. Dopo aver scosso la neve dalla giacca, me la tenni sul braccio mentre guardavo intorno. Mia madre e zia Lea mi fecero cenno dall'angolo più lontano dove avevano occupato un grande tavolo rotondo nell'angolo. Presumevo che avessero persino chiamato per prenotare dato quanto era affollato il ristorante. Mentre mi dirigevo verso di loro, sentii la voce di Opal dietro di me e poi Alice, la madre di Liam, che si univa a noi.

In pochi minuti, il tavolo era pieno. Attorno al tavolo c'eravamo io, mia madre, zia Lea, zia Penelope, Alice e Opal Good, e Beatrice Powers. A quanto pareva, nessuno della famiglia Bishop era riuscito a venire con così poco preavviso, e Opal si stava agitando per questo. Prendeva molto sul serio le sue responsabilità e sembrava pensare che avrebbero dovuto sapere che intendeva incontrarli proprio questo giorno.

Alice scrollò le spalle in risposta alla sua preoccupazione. «Opal, smettila di agitarti. Ogni anno, Dottie Bishop fa così. Faremo la maggior parte della pianificazione stasera e poi lei si unirà e farà un sacco di lavoro per rimediare.»

Opal e Alice avevano entrambe sposato membri della famiglia Good, ma erano streghe a pieno titolo. Litigavano come sorelle anche se erano solo cognate. Lo stesso si poteva dire di mia madre, Lea e Penelope.

Senza dire una parola, zia Lea alzò la mano, chiamando il cameriere e ordinando due caraffe di vino rosso per il tavolo.

«Sapete che devo guidare per tornare a casa», dissi.

Mia madre intervenne. «Oh, tesoro, ho già chiamato Liam e gli ho detto di venire a prenderti. Non devi nemmeno preoccuparti di guidare. Abbiamo un sacco di pianificazione da fare, e tanto vale che la godrai.»

Ricordate cosa ho detto sulla mia famiglia che si intromette? Non ci pensavano nemmeno due volte prima di organizzare il mio trasporto senza consultarmi prima.

Incrociando lo sguardo di mia madre, alzai gli occhi al cielo. «Immagino che tu pensi che dovrei ringraziarti per essere così presuntuosa.»

Mia madre rise, poi Lea, Penelope e Alice si unirono. «Cara, fattene una ragione.»

Non avevo davvero voglia di discutere oltre la questione. A questo punto, avevo bisogno di un po' di vino. In poco tempo, avevamo il vino, pane fresco e burro, e il nostro cibo era in arrivo. Ci sistemammo per una solida sessione di pianificazione.

Alla fine della serata, tutti i compiti erano stati assegnati. Ciò includeva l'organizzazione del cibo che sarebbe stato servito in ogni luogo del centro durante la celebrazione natalizia di due settimane, una parata il giorno di Natale e un'altra parata il giorno di Capodanno. Con molti residenti di Charm Cove che avevano un mix di origini francesi e celtiche, ci assicurammo che questi temi fossero intrecciati in tutto l'evento annuale. L'auditorium della scuola superiore avrebbe ospitato la festa delle arti, una raccolta fondi e le esibizioni del coro. Avevamo un sacco di lavoro da fare.

Ricordavo quanto amassi questo periodo dell'anno quando crescevo, quindi ero davvero entusiasta di essere ora dalla parte della pianificazione. Se c'era una cosa che non mi dispiaceva, era il duro lavoro. Ero decisamente un po' brilla quando la pianificazione fu completata.

Con eleganza, zia Penelope chiuse il suo tablet dove aveva diligentemente fatto elenchi di tutto. «Siamo a posto, signore. Ora dobbiamo solo far scattare la frusta per gli uomini.»

«Passiamo oltre, abbiamo un'altra questione da discutere», disse Opal con decisione. Sebbene avesse bevuto qualche bicchiere di vino, si notava a malapena. Il suo sguardo acuto si restrinse mentre scrutava il tavolo. «Abbiamo bisogno di un piano per affrontare la Guardia Costiera e l'Ufficio Parchi e Terreni. Vogliono che il faro di Beacon's Charm sia operativo in due settimane. La nostra salvezza è che l'azienda che abbiamo incaricato per le riparazioni elettriche non potrà iniziare per altre due settimane. Dobbiamo capire chi c'è dietro a tutto questo e come ricreare l'incantesimo del faro.»

La madre di Liam, Alice, l'esperta locale di genealogia della città, annuì lentamente. «Beh, ho fatto delle ricerche sulle persone che erano sulla spiaggia quella notte. Una di loro è lontanamente imparentata con una famiglia che ha cercato di comprare la proprietà del faro circa duecentocinquanta anni fa. Era appena prima che le nostre famiglie lanciassero l'incantesimo per porre fine al conflitto tra noi, e le cose erano piuttosto spiacevoli all'epoca. Suppongo che pensassero di poter sfruttare il conflitto. Non so se questo significhi qualcosa, ma ha sicuramente attirato la mia attenzione.»

Opal tamburellò le unghie sul tavolo, come era solita fare quando pensava. «Dobbiamo continuare a scavare.»

Beatrice intervenne, «Penso che sia un lavoro fatto da fuori città. L'ho già accennato a Moira.»

Zia Lea appoggiò il gomito sul tavolo, posando il mento sulla mano. «Anch'io. Non riesco a pensare a nessuno in città che potrebbe adattarsi a fare questo tipo di marachelle. Forse ha qualcosa a che fare con la Guardia Costiera? È stato anni fa, ma hanno lottato per far dichiarare il faro di Beacon's Charm un monumento nazionale e volevano che lo cedessimo al governo. L'unico motivo per cui hanno desistito è stato perché abbiamo volontariamente permesso che la proprietà fosse messa da parte e protetta, anche se rimaneva legalmente di proprietà dei Wicked e Good.»

«Zoe si chiedeva se avesse qualcosa a che fare con i soldi per il lavoro elettrico. Non sono così sicura che abbia senso», aggiunsi.

«Beh, quel lavoro è stato messo a gara per oltre diecimila dollari», commentò mia madre. «E ammettiamolo, a parte rompere l'incantesimo del faro, è stato un lavoro da principianti. Un pasticcio totale.»

Guardando mia madre, chiesi, «Abbiamo qualche idea di chi abbia originariamente lanciato l'incantesimo per la luce?»

Mia madre si illuminò. «Oh sì, l'ho capito. È stato lanciato da due streghe - una Wicked e una Good. Niente di insolito lì, ma hanno avuto aiuto nella preparazione da uno stregone della famiglia Powers. Inoltre, parlando delle persone sulla barca, la famiglia di Jared Booth era originariamente di Salem, e più tardi, un ramo della famiglia si trasferì a Charm Cove. Alla fine se ne andarono, o almeno la maggior parte di loro, perché sono stati tranquilli per secoli. Dubito che sia una coincidenza che Jared Booth fosse su quella barca. Dobbiamo scoprire cosa è successo loro dopo che se ne sono andati.»

«Pensi che possiamo rinvigorire l'incantesimo?» chiesi.

Beatrice annuì con fermezza. «Certo che possiamo. Gli incantesimi non sono specifici per famiglia. Abbiamo solo bisogno di abbastanza potere. Sarò felice di aiutare.»

Era sottinteso che Beatrice fosse piuttosto potente, come pure la sua famiglia. Nipoti e pronipoti conservavano tutti i poteri.

Dovevamo solo capire l'incantesimo e avevamo appena due settimane per farlo. Nel bel mezzo di questa pazza stagione festiva.

CAPITOLO OTTO

Il giorno seguente, incontrai Emma per un caffè al Magic Beans. Io e lei avevamo preso l'abitudine di prendere un caffè insieme ogni pochi giorni. Sorseggiavo il mio caffè e mordicchiavo il mio scone mentre lei ritirava il suo caffè dal bancone. Dopo che si fu seduta di fronte a me, lanciai un'occhiata verso di lei. «Hai aiutato con il Charm Fest ogni anno?»

Emma bevve un sorso di caffè prima di annuire. «Oh, sì. Sono quasi sicura che sia contro la legge per un membro della famiglia Wicked o Good cercare di evitarlo.»

Ridacchiai. «Sembra proprio così. Era così divertente quando eravamo piccole.»

Gli occhi azzurri di Emma si illuminarono quando sorrise. «Lo era. Ci vuole un sacco di lavoro per farlo funzionare, ma è ancora divertente. Scusa se non sono potuta venire a cena ieri sera.»

«Dove eri comunque?»

«Ero a un appuntamento,» disse con un lento sorriso.

«Oh, davvero. Con chi?»

«Jackson, Jackson Howe,» rispose, allargando il sorriso e arrossendo leggermente.

«Ok, stavi tenendo nascosto qualcosa. Che diavolo sta succedendo con lui? Bonus, è uno stregone, quindi non devi essere stressata per nascondere che sei una strega.»

Emma ridacchiò. «Lo so. Dopo quello che è successo con Joey, è un requisito fondamentale per me,» rispose, riferendosi al ragazzo con cui era uscita che aveva dato di matto quando lei aveva accidentalmente riportato in vita un fiore.

«Jackson è un bravo ragazzo. Non lo vedo da anni, però. Si è trasferito?»

«Sì, si è trasferito a Portland dopo l'università. Ma ora sta tornando, e sei l'unica persona a cui lo sto dicendo, quindi tieni la bocca chiusa,» ordinò. «Abbiamo solo cenato, quindi vedremo cosa succede.»

Ridacchiai. «Certo. Dev'essere bello mantenere le cose riservate. Io non ho questo privilegio. Quindi ti piace?»

«Credo di sì. È gentile ed è stabile. È un po' distaccato dal solito dramma di Charm Cove perché non è stato qui per un po'. Non preoccuparti, sono sicura che ne verrà coinvolto come tutti noi.»

«Oh, ne sono certa. È impossibile evitarlo, specialmente se qualcuno nella tua famiglia è una strega o uno stregone.»

«A proposito di appuntamenti, come vanno le cose con Liam?» chiese Emma.

Presi un lungo sorso di caffè e la guardai. «Vanno bene.»

«Ovviamente. Dopotutto, lui è Liam *Good*,» disse con un sorriso.

«Ah-ah. Comunque,» dissi, tornando seria, «sapevi qualcosa degli anelli?»

«Quali anelli?»

«Liam mi ha detto che Opal ha portato un set di anelli che sta custodendo per noi. Non ne abbiamo parlato molto. Non ho problemi a sposare Liam, ma voglio solo che sia alle mie condizioni, non a quelle delle nostre famiglie.»

Emma allungò la mano attraverso il tavolo, stringendo la mia brevemente. «Lo so. Ma almeno tu lo ami, e lui ti adora follemente. Mi sentirò fortunata se riuscirò a trovare qual-

cuno che mi guardi anche solo un po' come Liam
guarda te.»

Feci un respiro profondo, esalando con un sospiro. La campa-
nella sopra la porta tintinnò, e guardai per vedere un gruppo di
turisti entrare. Proprio dietro di loro arrivò Clint Owen, l'elettricista che presumibilmente era il fidanzato di Amy Lévesque e
che lavorava per l'appaltatore che avevano assunto per riparare il
faro. Io ed Emma guardammo istintivamente verso di lui, i nostri
sguardi che si incrociavano quando ci guardammo di nuovo.

«Hmm, lo conosci?» chiese Emma.

«Un po',» risposi con una scrollata di spalle.

Lo osservammo mentre prendeva il caffè, e poi, guarda caso,
Nathan apparve, chiacchierando casualmente con Clint in fila.
Dopo che Clint uscì dal caffè, feci cenno a Nathan, invitandolo a
venire al nostro tavolo. Prese una sedia da un tavolo vicino e la
avvicinò al nostro.

«Come va, signore?» chiese, sfoggiando un sorriso e un
occhiolino.

Nathan non mancava certo del leggendario fascino della
famiglia Good. Come cugino di Liam, aveva gli stessi capelli neri
corvini e gli occhi azzurro ghiaccio. Dubitavo che qualcuno
potesse negare che fosse attraente, a meno che non fosse cieco.
Anche in quel caso, probabilmente li avrebbe incantati.

«Qual è il programma per i lavori elettrici al faro?» chiesi.

«Sembra che possano iniziare la prossima settimana. Devo
dire, sarà una bella seccatura. Lea ha bruciato quei fili per bene.»

Emma ridacchiò. «Oh sì, puoi fidarti che mia madre faccia le
cose per bene quando ci si mette d'impegno. Qualche idea su chi
ti ha colpito in testa e ti ha chiuso in un armadio?»

Nathan sospirò e prese un sorso di caffè. «Non proprio.»

«Continuo a pensare che ci sia qualcosa di sospetto in quell'e-
lettricista che era sulla barca,» aggiunse lei.

Nathan la guardò di traverso. «Non credo. Il suo capo pren-
derà la maggior parte dei soldi per quel lavoro.»

Abbassai la voce quando parlai. «Beh, la madre di Liam ha

menzionato che lo stregone che era sulla barca discende da una famiglia che ha cercato di comprare la proprietà circa duecentocinquant'anni fa.»

«Quale proprietà?» chiese Nathan.

«La proprietà del faro,» risposi con tono asciutto.

Lui scoppiò a ridere. «Ok, troppo ovvio e non ho ancora bevuto abbastanza caffè.»

«Davvero?» chiese Emma, guardandomi.

«È quello che ha detto Alice, e di solito ha ragione. È decisamente una pista da seguire. Come stanno andando le cose con la Guardia Costiera e l'Ufficio Parchi e Terreni?»

Nathan si passò una mano tra i capelli e bevve un sorso di caffè. «Beh, aspettare questo lavoro elettrico è l'unica cosa con cui posso tenerli a bada ora. La nostra miglior soluzione è impostarlo su sensori come sono gestiti gli altri. Ma le famiglie vogliono che la magia torni operativa, e lo voglio anch'io. Dobbiamo ripristinare quell'incantesimo.»

«Beh, abbiamo circa due settimane per capirlo. Mio padre sarà là fuori oggi. Lo sai, vero?» chiese Emma.

Nathan annuì. «Oh, sì. Farà le sue cose e vedrà se riesce a scoprire qualunque incantesimo sia stato usato per rompere l'incantesimo. È stato sulla spiaggia dove c'è stato il naufragio?» chiese Nathan.

«Beh, sì, ma non so se abbia fatto qualche lavoro magico,» risposi.

«Se non l'ha ancora fatto, deve andare là giù. Non posso credere che abbia aspettato così tanto,» aggiunse Emma. «Anche se il tempo non influisce molto sul suo potere.»

«Ti dispiace se veniamo al faro più tardi?» chiesi.

«Venite quando volete.»

CAPITOLO NOVE

Quella sera dopo aver chiuso il negozio, Liam mi incontrò alla rimessa delle carrozze e andammo insieme al faro. La tempesta che avevo percepito nell'atmosfera si era dissipata. La notte era fredda e limpida, con le stelle sparse nel cielo come diamanti sull'oceano mentre percorrevamo la strada tortuosa che costeggiava la costa.

Mentre Liam si fermava nel parcheggio vicino al faro, mi girai verso di lui. «Allora sei pronto a essere impegnato per qualche settimana con il Charm Fest?»

Uno scintillio gli illuminò gli occhi. «Mio padre mi ha avvertito che sarò impegnato senza sosta fino a Capodanno», rispose prima di sporgersi attraverso la consolle e catturare le mie labbra in un bacio.

Un rapido passaggio della sua lingua contro la mia mandò il mio stomaco in una serie di capriole.

Questo uomo. Ringraziai le stelle e i miei antenati. Che fosse l'incantesimo o qualcos'altro, almeno desideravo Liam. A volte con una intensità che faceva male.

«Dai, vediamo cosa ha scoperto Jacob», mormorò.

Dopo essere scesi dall'auto, mi prese la mano nella sua mentre entravamo nel faro. Il basso mormorio di voci ci raggiunse mentre salivamo le scale. Notai che i piccoli scompartimenti che erano stati danneggiati durante la serie di furti di qualche mese fa erano stati riparati.

Quando raggiungemmo il piano superiore, trovammo Jacob, zia Lea, Nathan e, stranamente, l'elettricista, Clint Owen. Nathan incrociò i nostri sguardi, scuotendo leggermente la testa. Interpretai quel gesto come se nemmeno lui si aspettasse che Clint fosse lì.

«Beh», iniziò zia Lea, appoggiando una mano sul fianco con gli occhi socchiusi, «perché diavolo ci vuole una settimana in più? E perché il prezzo del contratto sta aumentando? Niente di tutto questo ha senso. Sapevamo fin dall'inizio quanto lavoro ci sarebbe stato da fare».

Il suo tono era tagliente e disapprovante. Sebbene Nathan fosse responsabile della gestione del Faro di Beacon's Charm e della manutenzione, i progetti importanti coinvolgevano solitamente le opinioni degli altri. C'erano *sempre* molte opinioni da considerare tra i Wickeds e i Goods.

Osservai Clint che si spostava sui piedi, apparendo a disagio. «Mi dispiace, signora», mormorò. «È quello che il mio capo mi ha chiesto di riferire».

Zia Lea sbuffò e alzò gli occhi al cielo. «Se state cambiando il contratto, abbiamo l'opportunità di vedere se possiamo ottenere un'offerta migliore, quindi lo faremo».

«Ora aspetti un attimo», iniziò a dire Clint.

Nathan socchiuse gli occhi e intervenne prima che Lea avesse la possibilità di parlare. «Il contratto vale solo quanto l'accordo. Voi state cambiando l'accordo, quindi vedremo cosa altro possiamo fare. Nel frattempo, ho qui la mia famiglia, quindi possiamo discuterne più tardi», disse rapidamente Nathan.

Si girò e uscì dalla stanza superiore. Quando Clint rimase inchiodato al pavimento, Nathan si voltò. «Ne discuteremo più tardi». A quel punto, fece cenno a Clint di seguirlo.

Il piano superiore del faro era un'ampia stanza rotonda. Era qui che si trovava la luce stessa. Una piccola camera da letto era situata di lato quassù, ma nient'altro. Nei vecchi tempi, qualunque famiglia gestisse il faro viveva effettivamente qui. I tempi erano cambiati, e ora Nathan viveva dall'altra parte della strada in una casa più confortevole.

Un paio di sedie erano poste in un angolo, così mi avvicinai per sedermi. Zia Lea mi seguì, sedendosi con un sospiro soddisfatto.

«Sto riconsiderando se quell'appaltatore elettricista abbia avuto qualcosa a che fare con tutto questo casino. È la seconda volta che cercano di rinegoziare il prezzo», commentò.

«Un sacco di stronzate se vuoi il mio parere», dissi. «Quando Zoe l'ha suggerito, non pensavo fosse una grande teoria, ma forse era su qualcosa. Tranne che questo non risolve la parte magica della questione».

Zia Lea scrollò le spalle, stringendo le labbra. «Forse sì. Sappiamo che Clint non ha poteri, ma la sua fidanzata sì, e probabilmente conosce altre persone che ne hanno. Charm Cove è piena di streghe e stregoni. Molte famiglie che vivono qui non sanno nulla di noi, ma molte lo sanno. Ci mancava solo che un umano senza poteri escogitasse un piano così pasticciato. Il denaro motiva spesso le persone a fare cose stupide».

«Verissimo. Suppongo che dovremo solo vedere come si svolge la situazione».

Liam e Jacob si avvicinarono a noi mentre aspettavamo che Nathan tornasse dopo aver accompagnato Clint all'uscita.

«Jacob, ho una domanda», dissi.

Jacob abbassò lo sguardo. Era alto e imponente e indossava il suo tipico abbigliamento composto da pantaloni leggermente stropicciati con un blazer e un soprabito. I suoi capelli argentati erano tagliati corti e portava occhiali che gli conferivano un'aria intellettuale.

«Suppongo che ti stia chiedendo quando scenderò in spiaggia per provare a fare un'altra lettura su chi potrebbe aver lanciato quell'incantesimo di occultamento», disse con un leggero sorriso.

Annuii. «Ovviamente».

«Stavo appena dicendo a Liam che sono andato il giorno dopo aver trovato la barca, ma ho camminato fino alla spiaggia da dietro la casa dei tuoi genitori. È un po' più accessibile e anche più vicino a dove la barca si è schiantata contro gli scogli. Anche se non so se imparerei qualcosa di nuovo, potrei venire di nuovo e scendere dal tuo lato».

Ero un po' seccata che non mi avesse avvertito, ma d'altronde, Jacob era noto soprattutto per essere riservato eppure in qualche modo sapere tutto. Oh, e per essere uno stregone immensamente potente.

Mantenni la concentrazione sulle questioni pertinenti. «Bene? Hai scoperto qualcosa di utile?»

Jacob rimase in silenzio per qualche istante e poi annuì lentamente. «Niente di definitivo. In effetti, non riesco a identificare nessuno degli incantesimi lanciati su quella spiaggia. Beh, permettimi di chiarire. So che il risultato era essenzialmente un meccanismo di occultamento, il che è estremamente raro. Ha coinvolto tre diversi incantesimi lanciati da tre persone diverse. Questo mi porta a pensare che le tre persone nella barca fossero quelle che si sono occultate fin dall'inizio. Ad aggiungere confusione, una di quelle tre persone presenti non era una strega o uno stregone. Avevo i miei dubbi al riguardo e ho considerato che potesse avere poteri. Ma poi l'ho incontrato alla stazione di polizia con tuo padre. Lui non ha assolutamente dubbi sul fatto che Clint non abbia alcun potere», spiegò, riferendosi alla capacità di mio padre di percepire se qualcuno avesse poteri di qualsiasi tipo. Era conveniente in momenti come questo. «Anche se presumiamo che le due persone che hanno poteri fossero coinvolte nel lancio dell'incantesimo che li ha occultati, ci manca ancora la terza persona che ha lanciato un incantesimo. L'unico motivo per cui ho aspettato a venire al faro era perché c'erano così tante persone che entravano e uscivano per controllarlo che non volevo confondermi con il trambusto. Le tracce degli incantesimi, specialmente quelli potenti, durano per settimane e settimane».

In quel momento, Nathan raggiunse la cima delle scale ed entrò di nuovo nella stanza. «Via libera», disse con una risatina. «Ho aspettato che Clint se ne andasse in macchina e ho chiuso a chiave di sotto. Ho persino lanciato un incantesimo di protezione sulla porta nel caso cercasse di rientrare. Non so cosa gli prenda, ma non mi fido di lui».

Liam mormorò: «Siamo in due».

«Magia a parte, non credo che dovremmo fare affari con loro. Ma questa è un'altra questione, e ce ne occuperemo più tardi», disse Lea con fermezza. Alzò lo sguardo verso Jacob, suo marito, l'amore della sua vita e l'uomo che l'adorava.

Se il loro matrimonio era un modello da seguire, l'incantesimo secolare che li aveva designati come la coppia predestinata per la loro generazione non solo aveva mantenuto la pace tra i Wickeds e i Goods, ma aveva anche regalato loro un matrimonio amorevole. Se la fortuna teneva, Liam e io avremmo dovuto avere un buon matrimonio. Senza giochi di parole. Anche se streghe e stregoni tendevano ad avere matrimoni passionali, i miei stessi genitori erano ancora pazzi l'uno dell'altra.

Allo sguardo significativo di Lea, Jacob annuì e qualcosa passò tra loro prima che si voltasse e si avvicinasse all'enorme luce rivolta verso l'oceano.

Il resto di noi rimase dov'era e aspettò. Jacob si posizionò dietro la luce, chiuse gli occhi e scosse le mani. Rimase immobile per diversi lunghi momenti e poi alla fine alzò le mani. L'aria nella stanza sembrava elettrizzata, con l'accenno appena percettibile di un ronzio che iniziava.

Aprì gli occhi nello stesso momento in cui abbassò le mani. Il ronzio si dissipò, anche se la stanza sembrava più calda dopo qualunque cosa avesse fatto per leggere le tracce lasciate.

Girandosi di nuovo verso di noi, Jacob infilò una mano in tasca e sistemò gli occhiali con l'altra. «Bene, chiunque abbia lanciato questo incantesimo non l'ha fatto da solo. Ancora una volta, sto rilevando tre tracce di incantesimi qui. È più o meno quello che ci vorrebbe per rompere l'incantesimo che è stato lanciato per far funzionare questo faro così a lungo. Se sembravo perplesso, è perché non ho le idee chiare su un punto. Credo che due delle persone che hanno lanciato gli incantesimi fossero imparentate, motivo per cui è difficile per me distinguerle. Sono abbastanza certo che siano entrati qui per farlo. La magia è troppo vicina; non è affatto distante. Inoltre, non è magia familiare di Charm Cove».

Zia Lea incrociò il mio sguardo. «Beatrice ha ragione. Questo è un lavoro fatto da qualcuno che viene da fuori città».

CAPITOLO DIECI

Più tardi quella sera, appoggiai la testa sulla spalla di Liam. Eravamo sul divano, e io ero avvolta in una coperta perché faceva freddo quando eravamo tornati a casa. Dopo che Liam aveva acceso il fuoco, ci eravamo accoccolati sul divano per guardare la televisione.

Il mio obiettivo era spegnere il cervello, eppure non riuscivo a smettere di pensare. Troppo stanchi per cucinare, avevamo preso una pizza sulla via del ritorno e l'avevamo mangiata in cucina prima di trascinarci qui.

«Pensavo avessi detto che non volevi pensare», mormorò Liam, la sua voce roca mi provocò un brivido.

Si potrebbe pensare che, avendolo conosciuto per tutta la mia vita, Liam non avrebbe avuto un effetto così facile su di me. Niente da fare. O forse dovrei considerarmi fortunata, visto che ero destinata a sposarlo, altrimenti il destino di due potenti famiglie di streghe sarebbe potuto ricadere nel conflitto.

Trovavo difficile credere che un matrimonio ad ogni generazione tra le estese famiglie Good e Wicked fosse effettivamente necessario per mantenere la pace. Eppure uno sguardo alla storia per vedere quanto le cose fossero state brutte una volta era illuminante.

Bastava dare un'occhiata alle personalità forti che dominavano il mondo delle streghe. Non sapevo come l'incantesimo mantenesse la pace tra le nostre famiglie, ma sembrava funzionare. Solo pensare a Opal Good che lanciava i suoi poteri contro mio padre era sufficiente a farmi preoccupare.

Spostandomi un po' indietro, alzai lo sguardo verso Liam. «Hai ragione. Non riesco a smettere di pensare. Credo di essere sollevata che siano stati usati più incantesimi sia alla spiaggia che a Beacon's Charm perché così ha senso. Eppure mi preoccupa ancora. Mentre potremmo essere sospettosi di Clint, lui non ha alcun potere magico. Quindi o viene usato come pedina da qualcuno senza saperlo, o sta succedendo qualcos'altro. Non riesco proprio a capire lo scopo di rompere l'incantesimo sul faro e sul relitto sulla riva. Inoltre, perché Jacob non ci ha detto quando è andato alla spiaggia?»

Liam sorrise leggermente. «Sapevo che questo ti avrebbe infastidito, ma conosci Jacob. Non è mai stato uno che tiene tutti aggiornati. Inoltre, gli piace riflettere sulle cose a lungo».

Mi allungai, afferrando il mio bicchiere di vino dal tavolino e facendo un buon sorso. «Suppongo che una cosa che mi impedirà di preoccuparmi è la quantità di cose che devo fare nelle prossime settimane. Il Charm Fest si avvicina rapidamente, e abbiamo un sacco di cose da fare. Sei sicuro che non ti dispiaccia aiutare?»

Il sorriso di Liam si allargò, e lui scrollò le spalle. «Non mi dispiace lavorare. Inoltre, sono abbastanza sicuro che tutti cadrebbero morti se non aiutassimo. Sarà divertente. Tu dimmi solo cosa fare».

Mentre sosteneva il mio sguardo, i suoi occhi si scurirono, il blu ghiaccio si riscaldò.

«Quindi posso semplicemente dirti cosa fare?» lo stuzzicai.

«Quando vuoi».

«Baciami allora».

Dimostrando il suo punto, lui obbedì.

La mattina seguente, stavamo gustando il caffè mentre Ghost faceva un pisolino in un angolo soleggiato sul bancone della cucina. Liam si accarezzava distrattamente il mento. Eravamo seduti in silenzio quando Liam parlò. «Ho un'idea».

«Quale?»

«Beh, so che nessuno di noi due apprezza la pressione che ci viene messa. Con zia Opal che mi ha dato quegli anelli, ho capito che, che ci piaccia o no, il nostro destino è oggetto di discussione. Se ci fidanzassimo, potrebbe far tacere tutti per un po'».

A volte, sembrava che Liam potesse davvero leggermi nel pensiero. Il che, non mi vergogno ad ammetterlo, era un po' sconcertante. Avevo trascorso la mia vita a cavallo tra il soprannaturale e il cosiddetto mondo normale, quindi ero abbastanza a mio agio con i poteri ultraterreni. Eppure anche allora, tutta questa storia di destino, fato e quant'altro poteva essere un po' drammatica.

E poi Liam doveva anche leggermi la mente occasionalmente.

Una risata sorpresa mi sfuggì mentre lo guardavo, scuotendo lentamente la testa. «Penso che sia un'idea brillante».

Le sue labbra si incurvarono in un lento sorriso, mandando prontamente le farfalle a girare in tondo nel mio stomaco. Spesso mi sentivo come se fossi mezza pazza dentro quando si trattava di Liam. Avevo lavorato così duramente per un po' per dirmi che il nostro *destino* era folle e per dimenticarmene. In qualche modo, questo era servito solo a farlo sentire ancora più potente alla fine. O forse all'inizio.

«Quindi è questo? Questo è il tuo modo di chiedermi di sposarti?»

Lui gettò indietro la testa con una sonora risata. Quando riportò i suoi occhi al mio livello, scosse lentamente la testa. «Oh, no. Volevo solo prima il tuo consenso».

Il suo sguardo si fece serio mentre l'ansia turbinava nel mio petto. Potevo sapere cosa volevo, ma questo non significava che fosse facile. In effetti, il peso di tutto ciò a volte era schiacciante.

«Moira, ho imparato due cose molto importanti mentre eri via. Sono stato sciocco a pensare di poter stare con qualcun altro che non fossi tu, e questo è stato chiaro così rapidamente, è stato brutale. Inoltre, ho imparato che dobbiamo procedere con i nostri tempi. Forse se l'avessimo fatto fin dall'inizio, avremmo seguito un percorso più diretto l'uno verso l'altra. E poi, ho anche qualche vena romantica nel corpo. Non volevo spaventarti, però».

Improvvisamente volevo sapere tutto. Compreso esattamente quando aveva intenzione di chiedermi di sposarlo così potevo assicurarmi di indossare qualcosa di bello. Non ero troppo vanitosa ma sicuramente un po'.

Continuando la sua impressionante imitazione di lettura della mia mente, disse: «Dovrai aspettare e vedere per il resto. Ma almeno la mia domanda non sarà una sorpresa».

L'emozione crebbe dentro, e dovetti fare un respiro profondo per superarla. «Va bene. Assicurati che sia bella. Ti terrò in parola», sono riuscita a dire con una piccola risata.

Liam si sporse attraverso il bancone, catturando le mie labbra in un bacio ardente, lasciando le mie guance arrossate e le mie labbra formicolanti quando si allontanò.

CAPITOLO UNDICI

Ho trascorso la mattinata inviando email a tutti i coinvolti nell'organizzazione del Charm Fest. Naturalmente, l'ho fatto mentre servivo i clienti da Persnickety Potions & Gifts, con braccialetti portafortuna, rimedi erboristici, decorazioni natalizie e molto altro che volavano via dal negozio. Ero immensamente sollevata quando nel primo pomeriggio sono arrivate Celia e Delia dopo la scuola per darmi una mano.

Erano davvero d'aiuto con i clienti e sempre di buon umore. Sono rimasta al bancone principale mentre loro giravano nella parte anteriore del negozio, chiacchierando con i clienti. Una volta finite le email a tutti i membri del comitato organizzatore e assegnati tutti i compiti, ho spostato la mia attenzione sul mio compito principale: gestire le domande per la fiera annuale di arti e mestieri durante il Charm Fest.

I venditori che venivano selezionati per gli ambiti stand guadagnavano un sacco di soldi e dividevano i loro profitti con la città. Tutti i fondi raccolti dalla città andavano a finanziare la scuola.

Subito dopo il lavoro, mi sono diretta verso il liceo. Charm Cove stava risparmiando per costruire un nuovissimo liceo e una palestra. Nel frattempo, avevo bisogno di capire quanti stand potessimo sistemare nell'auditorium. Negli anni passati, abbiamo utilizzato l'auditorium della scuola elementare, che era più piccolo, quindi questo era il primo anno in cui il festival si sarebbe tenuto nell'auditorium del liceo. La città aveva deciso che lo spazio più grande sarebbe stato vantaggioso poiché la fiera di arti e mestieri era molto popolare.

Elsa Hanson, la custode del liceo, mi ha incontrato all'ingresso principale e mi ha fatto entrare con un cenno. Doveva avere almeno settant'anni ormai. Era già la custode del liceo quando io frequentavo la scuola, dieci anni fa. Sembrava senza età, con il viso segnato dal tempo ma gentile. Aveva un caldo luccichio negli occhi azzurri e una figura soffice e rotonda. Si muoveva praticamente alla velocità della luce, sfrecciandommi davanti con un mocio.

«Moira!»

Mi sono voltata per vedere Liam entrare dalla porta principale. Come promesso, era venuto qui per incontrarmi. Avendo un terribile senso dello spazio, sapevo che avrei avuto bisogno di un occhio migliore.

Elsa ci ha lanciato un sorriso mentre Liam mi raggiungeva, prendendo la mia mano nella sua. Lei è andata avanti con un cenno, dirigendosi lungo un corridoio vuoto con il suo carrello di materiale per le pulizie.

«Anche Nathan ci raggiungerà qui» ha detto Liam come saluto mentre si chinava per darmi un bacio sulle labbra.

«Davvero?» ho chiesto, sorpresa.

Liam ha riso mentre iniziavamo a camminare lungo il corridoio buio. «Oh, sì. Ti ho detto che ha una cotta per Sarah Bishop? Spera di impressionarla. Ho capito che è coinvolta in qualche modo nell'organizzazione». Si è fermato, guardandomi per una conferma.

«Certamente. Sua zia gestisce tutte le lotterie, e loro aiutano anche a organizzare le parate. Non posso credere che Nathan stia cercando di impressionarla aiutando noi», ho detto, senza nemmeno cercare di nascondere la mia risatina.

Liam ha ridacchiato. «Comunque, sarà qui tra qualche minuto, ma andiamo a dare un'occhiata».

Era strano essere nel liceo che Liam e io avevamo frequentato quando ero giovane, sciocca e spensierata. Quando l'idea del destino sembrava leggera e divertente. L'edificio suscitava un'ondata di emozioni e ricordi. Mentre passavamo davanti alle file di armadietti sulla strada per l'auditorium, il silenzio rimbombava intorno a noi. Ho intravisto il mio vecchio armadietto e ricordato quando aspettavo lì Liam tra una lezione e l'altra. Spazi come questo sembravano sempre strani quando non c'era nessuno. Immaginavo che durante il giorno, i corridoi fossero pieni di voci e risate tra le lezioni e qualunque fosse l'ultimo dramma adolescenziale che si diffondeva nel vento dei pettegolezzi.

Le luci erano abbassate nel corridoio, ma erano accese nell'auditorium. Elsa mi aveva assicurato che le avrebbe lasciate accese per noi. Sarebbe rimasta qui per un'altra ora, ma poi avrebbe dovuto chiudere.

Mentre spingevamo le grandi porte a battente, ho guardato Liam. «Abbiamo un'ora. Spero che tu abbia un senso migliore di questo di me. Avremmo dovuto portare un metro? Secondo mia madre, qui non si è tenuto altro che funzioni scolastiche».

Lasciando la mia mano, Liam ha girato su se stesso mentre il suo sguardo si arcuava intorno al grande auditorium. La sua voce echeggiava quando parlava. «Beh, le gradinate saranno spostate indietro e anche i canestri da basket saranno messi via».

Ha esaminato lo spazio, e mentalmente potevo vederlo contare. «Immagino venti stand su ogni lato e dieci in mezzo, quindi ci dà spazio per cinquanta».

«Ehi, ragazzi», ha chiamato Nathan da dietro di noi.

Ci siamo voltati per guardarlo. Liam ha immediatamente aperto un sorriso. «Abbiamo già finito, ma puoi dire a Sarah che hai aiutato», ha detto con una risata.

Nathan ci ha raggiunti, alzando gli occhi al cielo e lanciandomi un sorriso timido.

Ho alzato le spalle, trattenendo il sorriso. «Va bene. Liam mi ha detto che hai una cotta per Sarah, ma ora sei costretto ad aiutare per sempre. Non si torna indietro dopo questo».

Nathan ha semplicemente scrollato le spalle. «Oh, sì. Mia madre mi stava già pressando quest'anno. Ha detto che era ora. Comunque, avete davvero già finito?»

«Devo solo controllare l'ingresso sul retro. Sono responsabile dell'invio delle istruzioni a tutti quelli che approviamo per la fiera. Dato che molti di loro vengono da fuori città, invierò un'e-mail con indicazioni su dove parcheggiare e come portare dentro la loro roba».

Liam e Nathan hanno camminato gentilmente con me fino al retro mentre guardavamo in giro. Dopo aver controllato l'ingresso posteriore dall'area di parcheggio, li ho guardati. «Ok, penso che siamo a posto. Di cosa stavate parlando?»

Hanno fatto una pausa nella conversazione mentre mi guardavano, con Nathan che interveniva. «Stavo appena spiegando che la Guardia Costiera è passata di nuovo oggi. Sai, con il faro che funziona perfettamente da tutti questi anni, non ho quasi mai dovuto parlare con queste persone. Vengono una volta all'anno per le loro ispezioni e nient'altro. Non sono molto felici del ritardo per riparare i cavi, ma mi sento in difficoltà. Offrono di mandare un elettricista d'emergenza da Brunswick per farlo la prossima settimana. Qualche tizio con cui la Guardia Costiera ha un contratto. Non so cosa pensare di questo».

Sono andata da loro, incrociando le braccia. «Penso che dovresti ricordare loro che le nostre famiglie possiedono l'edificio, quindi spetta a noi decidere. Mia madre ha spiegato cosa è successo quando il governo ha cercato di acquistarlo, ma abbiamo già predisposto la proprietà per essere protetta. Allo stato attuale, loro ottengono un affare, visto che copriamo i costi per tutto. Penso che tu debba enfatizzare questo».

Nathan ha sospirato. «Giuro, ho già detto tutto questo. Penso che la zia Lea debba parlare con loro».

Liam ha ridacchiato. «Oh, perché è più autoritaria di te?

Attento, lancerà un dannato incantesimo su di loro se si innervosisce troppo».

Nathan ha riso e alzato le spalle. «Penso di essere troppo accomodante, amico. Voglio solo che questa questione sia risolta. Avere la magia che gestisce il faro ha reso il lavoro davvero facile. Inoltre, il tizio della Guardia Costiera mi mette i brividi. È maledettamente insistente».

«Come si chiama?» ho chiesto.

«Daryl qualcosa. Non ricordo il suo cognome, ma non è di qui. Dice di venire da qualche parte nel Sud, ma è di stanza qui da alcuni anni. Sinceramente, non credo di averlo mai incontrato quando vengono per le loro ispezioni».

Liam ha inarcato un sopracciglio, dondolando pigramente lo stivale avanti e indietro sul pavimento. «Beh, non è che puoi ignorarlo. Ribadisci esattamente ciò che ha sottolineato Moira. Lea è autoritaria come l'inferno, quindi sai che verrà a dargli il tormento se glielo chiedi».

Nathan ha scosso lentamente la testa. «Giusto. Tutta la situazione mi sembra strana. Vorrei tanto sapere chi mi ha colpito in testa e rinchiuso in quel ripostiglio».

«Non è che lo vorremmo sapere tutti?» ho risposto.

Guardando il mio orologio, ho alzato lo sguardo verso Liam. «Devo tornare a casa. Ghost si aspetterà presto la cena».

Nathan ha inarcato un sopracciglio, con lo sguardo perplesso. «Stai dando da mangiare a un fantasma?»

Ho buttato indietro la testa ridendo. «No, non sto dando da mangiare a un fantasma. Ghost è il mio gatto».

Liam ha preso la mia mano nella sua, strizzando l'occhio e lanciando un sorriso a Nathan. «Sì. Vizia quel gatto da morire. Non gli basta avere il cibo secco a disposizione. Riceve effettivamente cibo in scatola speciale al mattino e alla sera».

Ho dato una gomitata a Liam mentre noi tre ci siamo voltati insieme e abbiamo attraversato l'auditorium, i nostri passi che echeggiavano sul pavimento di legno. Liam ha spento le luci e poi siamo usciti, incontrando Elsa all'ingresso principale. Aveva finito in anticipo e ci stava aspettando per chiudere.

«Allora», ha detto in tono conversazionale a Nathan mentre uscivamo dall'entrata, «ho sentito che state cercando un nuovo elettricista per occuparsi di quel lavoro al faro».

Ho incrociato brevemente gli occhi di Nathan e poi ho guardato Liam. Presumevo si stessero chiedendo la stessa cosa. Come diavolo faceva a sapere che stavano cercando un nuovo elettricista per quel lavoro?

«Dove l'hai sentito?» ha chiesto Nathan in risposta.

Elsa ha chiuso i pesanti bulloni all'ingresso principale del liceo e ha digitato qualcosa nel pannello di sicurezza fuori dall'edificio prima di rispondere.

«Oh, mio marito fa lavoretti vari. Uno dei ragazzi che avrebbe dovuto fare la maggior parte del lavoro al faro si è licenziato all'improvviso dall'appaltatore. Quindi ora stanno cercando disperatamente qualcuno di nuovo», ha spiegato.

Bene, bene, bene.

«Chi era?» ho chiesto, andando dritta al punto.

«Clint Owen», ha risposto Elsa con facilità, apparentemente senza cogliere la mia curiosità.

Nathan è riuscito a dare una risposta piuttosto neutra alla conversazione, e poi ci siamo salutati e ce ne siamo andati. Non appena Liam e io siamo stati in macchina con le porte chiuse, l'ho guardato. «Ma che diavolo sta succedendo?»

CAPITOLO DODICI

Il giorno seguente, la mia casella email era piena di domande per la Fiera dell'Artigianato Incantato. Avevo scoperto tardivamente che tutti a cena l'altra sera mi avevano lasciato volentieri offrire volontaria per questo lavoro perché così si risparmiavano di dover selezionare qualche centinaio di email. Potevamo accettarne solo cinquanta, quindi avevo un bel po' di lavoro da fare per scremare le candidature.

Non importava, avevo intenzione di continuare a esaminarle mentre rimanevo dietro il bancone del negozio. La neve cadeva leggera e il profumo di sidro caldo speziato riempiva il negozio. Tra pochi giorni sarebbe arrivato il Ringraziamento. Ogni anno, senza eccezioni, probabilmente sin da quando Pozioni Schizzinose & Regali era stato fondato qualche secolo fa, iniziavamo a servire sidro caldo speziato e biscotti di melassa e zenzero dalla settimana del Ringraziamento fino al Capodanno.

Avevo già abbastanza curve, quindi dovevo limitarmi a pochi biscotti al giorno. I biscotti di melassa e zenzero di mia madre erano tra i miei preferiti.

I clienti mantenevano il negozio affollato, quindi non avevo molto tempo per rimuginare sul motivo per cui Clint se n'era andato così all'improvviso. In qualche modo, il mio istinto mi diceva che quel pezzo del puzzle si incastrava nel quadro più ampio di qualunque cosa stesse succedendo al faro.

Verso l'ora di pranzo, Abby Proctor entrò. Dopo tutto il trambusto per le effrazioni e l'arresto e l'incriminazione di suo cugino, Abby si era finalmente trasferita nella casa estiva che aveva ereditato dalla zia vicino al faro. Passava occasionalmente per salutare e sembrava stesse facendo gradualmente amicizia in città. Sebbene Charm Cove fosse una cittadina accogliente, i locali tendevano a guardare con sospetto i nuovi arrivati, chiedendosi chi sarebbe riuscito a superare l'inverno. C'era questo e la realtà che streghe e stregoni gestivano questa città, il che aggiungeva un ulteriore strato di scetticismo verso i nuovi arrivati.

Circolavano voci tra le famiglie di streghe su quali poteri potesse avere. Dato che mio padre aveva il potere di percepire se qualcuno possedesse poteri, io avevo qualche informazione in più rispetto agli altri. Sebbene Abby discendesse da streghe, il suo potere era così debole da essere quasi impercettibile. La mia famiglia supponeva che le streghe della sua famiglia avessero smesso di praticare generazioni fa, indebolendo così sostanzialmente il loro potere. A differenza di suo cugino, Abby non sembrava avere alcun interesse nel recuperare il potere della sua famiglia.

Gli occhi azzurri di Abby si illuminarono quando mi vide dietro il bancone. Le sue guance erano rosee per il freddo, e si scrollò di dosso alcuni fiocchi di neve mentre si toglieva il cappello.

«Sembra che la neve ci stia prendendo in giro da giorni. Finalmente sembra che potremmo avere più di una spolverata», disse come saluto.

«Lo so. Siamo decisamente in attesa di una vera e propria tempesta di neve. Immagino che ne avremo una presto. Allora, come stai?»

Abby sorrise un po' timidamente. «Sto bene. Sto arredando

lentamente quella grande vecchia casa. C'è così tanto spazio che non so bene cosa farmene.»

«Posso immaginare. Quelle vecchie case sono certamente enormi. A meno che non abbiano bisogno di tutto lo spazio, alcune persone affittano parti di quelle case durante l'estate. Potresti sicuramente guadagnare un bel po' di soldi facendolo.»

Abby annuì. «Sto considerando questa opzione per la prossima estate. Ho così tanto lavoro da fare, però, per mettere in sesto la casa. Era un po' ferma nel tempo.»

Mi morsi la lingua quando mi resi conto che stavo per darle ragione. Nonostante la nostra amichevole conoscenza, lei non sapeva che mi ero teletrasportata a casa sua qualche mese prima quando la sospettavamo durante l'ondata di furti.

«Immagino», risposi blandamente.

«L'impianto idraulico, l'impianto elettrico, le finestre, il riscaldamento... beh, tutto ha bisogno di aggiornamenti, e lo farò piano piano. Sono venuta per comprare alcuni regali, ma ho sentito di quello che è successo al faro e ho pensato di menzionare una cosa.»

Nel momento in cui lo disse, mi ricordai che la sua casa si trovava appena oltre il faro sulla stessa strada.

«Oh? Che cosa?»

«Beh, il giorno prima che tutto accadesse, due uomini si sono fermati a casa mia chiedendo dove vivesse il guardiano del faro. Non ci ho fatto molto caso perché il Faro di Beacon's Charm è un punto di riferimento. Un sacco di persone passano in macchina e lo fotografano continuamente. Comunque, è successo il giorno prima che andassi fuori città per visitare mia madre a Boston per qualche giorno. Non ho sentito nulla riguardo a ciò che è accaduto finché non sono tornata l'altro giorno, ma ho pensato che avrei dovuto comunque menzionarlo. Suppongo che mi dirai di andare a parlare con Daniel, ma volevo iniziare con te», spiegò.

«Questo è certamente interessante. Per caso sai qualcosa su chi fossero?»

«Non molto. La loro targa era del Massachusetts, ma non è nulla di insolito. In un giorno qualsiasi, ne vedo molte passare per la città. Entrambi avevano i capelli scuri, ma non ricordo di che colore fossero i loro occhi. Non stavo pensando alla loro targa in quel momento. Ma a causa di tutte le effrazioni dell'autunno scorso, ho fatto installare una telecamera di sicurezza sul garage per controllare il vialetto. Ho un'immagine ferma dove si può vedere il numero di targa. Non ci avevo nemmeno pensato finché non sono tornata da fuori città e ho sentito cosa è successo.»

Feci del mio meglio per nascondere la mia eccitazione. Forse *finalmente* avevamo una pista solida. Finora, non c'era stato nient'altro che una speculazione dopo l'altra.

CAPITOLO TREDICI

Più tardi quella sera, sono riuscita a chiudere il negozio in tempo record e ad incontrare Daniel alla stazione di polizia con Abby. Lei gli ha mostrato i fermo immagine della sua telecamera di sicurezza, e lui ha controllato la targa. Per una volta, non era stato tutto misterioso con le informazioni e mi aveva semplicemente dato il nome.

Una volta tornata a casa, Liam e io abbiamo cenato, e l'ho aggiornato sugli eventi e sul mio piano mentre ero seduta di fronte a lui al bancone della cucina nella mia dépendance. Lui sorseggiava una birra mentre io finivo un bicchiere di vino.

Ghost, come al solito ignorando qualsiasi aspettativa di comportamento, stava facendo un pisolino sul bancone della cucina, piuttosto contento. Fuori nevicava e tirava vento. A questo ritmo, sembrava che avremmo avuto un Ringraziamento imbiancato. Mancavano solo due giorni.

Liam mi guardò, il suo sguardo blu pieno di preoccupazione. «Non sono sicuro che sia una buona idea», offrì.

«Beh, non sto dicendo che sia una buona idea. Ma è probabilmente la nostra migliore possibilità per ottenere qualche informazione. Finora abbiamo navigato alla cieca. Ora sappiamo che quella targa appartiene a Samuel Parker di Salem. Non è poco. È una vera pista».

Liam sorrise amaramente e poi fece un altro sorso di birra. «Senti, l'unico modo per farmi accettare questo piano è se ci andiamo in macchina. Non lo farai da sola».

«D'accordo. Va benissimo», risposi, facendo del mio meglio per non sembrare troppo eccitata.

Avevo proposto di usare uno dei miei poteri più convenienti: la capacità di trasportarmi da un posto all'altro. Non era qualcosa che facevo molto spesso, e di solito viaggiavo solo per brevi distanze perché avevo più controllo.

Con quell'unico indizio dal lavoro investigativo di Abby e Daniel, avevamo scoperto a chi apparteneva la targa e dove vivevano. Secondo i registri immobiliari tracciati da Daniel, l'indirizzo che corrispondeva alla targa risultava vuoto.

Sospettavo che non fosse vuoto, ma c'era solo un modo per scoprirlo.

Liam finì la sua birra, poi si alzò e girò attorno al bancone. Si fermò vicino al lavandino per sciacquare la bottiglia e gettarla nel bidone del riciclaggio sotto il bancone. Girandosi, appoggiò i fianchi contro il bancone. Ruotai sullo sgabello per affrontarlo.

Mi guardò semplicemente per qualche momento, il che inviò una spirale di calore nelle mie vene e fece battere il mio cuore contro le costole. C'era sempre stata una certa intensità in Liam. In qualche modo avevo spinto via il ricordo di cosa si provasse a stare con lui mentre eravamo stati separati.

Dopo un momento, parlò. «Scenderemo il giorno dopo il Ringraziamento. Tempo permettendo, naturalmente. Sarò proprio lì. Non insisterò per rimanere fuori dalla dannata casa, ma devo essere abbastanza vicino da poter aiutare se qualcosa va storto. Sappiamo che è una famiglia di streghe, e non abbiamo idea di quanto potere abbiano».

«Sembra un piano. Quindi a chi altro pensi che dovremmo dirlo?»

Le sue labbra si incurvarono in un leggero sorriso. «A tutti quelli che vorrebbero saperlo, il che significa fondamentalmente tutta la mia famiglia e la tua. Abbiamo bisogno che mia madre faccia un po' di ricognizioni per noi. Sono sicuro che può dirci qualcosa di più sulla famiglia che possiede la casa. Tanto vale discuterne al Ringraziamento. Saremo tutti insieme comunque».

«Promettimi che saremo solo io e te. Non voglio che tutto il mondo libero scenda con noi», aggiunsi.

Liam scrollò le spalle. «Non farà male se avrò compagnia mentre aspetto. Decidiamo al Ringraziamento», disse, allontanandosi dal bancone e facendo un passo tra le mie ginocchia con un'unica falcata.

Allungò la mano verso il bicchiere di vino che tenevo in mano. Lo lasciai andare mentre le sue dita sfioravano le mie quando lo prese dalla mia presa e lo posò sul bancone. Poi la sua mano si intrecciò nei miei capelli, e le sue labbra incontrarono le mie.

CAPITOLO QUATTORDICI

Scossi la neve dai miei stivali mentre varcavo la soglia della casa dei miei genitori. Il mormorio di voci scivolava lungo il corridoio fino all'ingresso. Portavo un cesto di pane appena sfornato e una torta di zucca che avevo preparato la sera prima. Liam era proprio dietro di me e chiudeva la porta con lo stivale. Aveva le braccia piene di dolci che mia zia Penelope gli aveva consegnato nel vialetto.

In poco tempo, ci ritrovammo nella cucina affollata dove si era radunato un miscuglio di familiari e amici. Avremmo mangiato nella sala da pranzo formale anche se non c'era nulla di formale nel Ringraziamento, almeno non nella mia famiglia. C'erano i miei genitori, mia cugina Emma, Lea e Jacob, i gemelli, insieme a Penelope. Ad aggiungersi al gruppo c'erano i genitori di Liam, insieme a Opal e Theo. All'ultimo minuto, era arrivato anche il mio fratello maggiore, Gabriel. Avevamo la promessa dagli altri miei tre fratelli che sarebbero stati qui per Natale. Si erano uniti a noi anche altri, tra cui Beatrice Powers e una delle sue care amiche, un'altra vecchia strega, Eva Ouellette.

Era affollato e allegro. Eravamo già immersi nel momento del dessert, che consisteva nel passarsi torte, dolci e budini, quando

Liam tirò fuori la mia idea di viaggiare fino a Salem e trasportarmi nella casa collegata alla targa.

Mio padre non disse una parola, ma sentivo il suo sguardo su di me. Sapevo fin da quando ero adolescente che lui si preoccupava per questo mio particolare potere. Ogni strega aveva un insieme diverso di poteri, e molti poteri erano comuni, come lanciare incantesimi di protezione e cose simili. Eppure ciascuno di noi aveva individualmente certi poteri unici. Per esempio, zio Jacob poteva percepire quando venivano lanciati incantesimi e di solito riusciva a individuare chi li aveva lanciati se aveva abbastanza informazioni. Mio padre aveva la capacità di percepire quando le persone avevano poteri soprannaturali. Zia Lea poteva contenere le cose, un potere che era stato trasmesso ai gemelli.

Il mio potere speciale era la capacità di trasportarmi. Potevo creare un fumo scintillante e scomparire al suo interno. Era un po' come scivolare in un tunnel. Se sapevo dove stavo andando, potevo controllare dove sarei finita.

Mia madre parlò per prima, e potevo praticamente vedere gli ingranaggi girare nel suo cervello mentre cercava di frenare la velocità dei suoi pensieri. «Cara, non sto dicendo che non sia una buona idea, ma devi stare attenta. Alice, mi chiedo cosa hai scoperto», disse, spostando lo sguardo verso la madre di Liam seduta di fronte a lei.

«Ho già fatto qualche ricerca sulla famiglia. Ci sono diversi potenti stregoni e streghe in quella stirpe, quindi dobbiamo presumere che abbiano la capacità di essere molto potenti».

Sentivo lo sguardo di Liam su di me, ma lo ignorai. Questo era esattamente il punto che lui aveva sottolineato quando mi aveva espresso la sua preoccupazione riguardo a questa impresa. Mi ero convinta che sarebbe andato tutto bene. Il mio potere era tale che se mi fossi teletrasportata con il mio fumo scintillante in un luogo non sicuro, avrei potuto uscirne altrettanto rapidamente. Non volevo discutere su questo punto, non con tutti gli occhi della stanza puntati su di me e parecchi di essi appartenenti a persone potenti. Era così con le streghe e gli stregoni, il potere aumentava con l'età.

Beatrice mi fece sobbalzare quando parlò. «Moira sa prendersi cura di sé stessa, e ognuno di voi lo sa. Sono certa che non andrà laggiù da sola». Si fermò, girando i suoi occhi acuti verso di me. Al mio cenno d'assenso, continuò: «Come dicevo, non sarà da sola. Può certamente fuggire rapidamente se fosse pericoloso. Credo che valga la pena tentare».

Sorrisi raggiante a Beatrice, e lei mi strizzò l'occhio in risposta. Mia madre sospirò, posando la forchetta sul tavolo. «Va bene. Quindi andrai con lei, Liam?» chiese, fissando lo sguardo su di lui.

CAPITOLO QUINDICI

Alcuni giorni dopo, andammo in macchina a Salem, Massachusetts. Ero già stata a Salem. Non eravamo vicini a nessuna delle famiglie di streghe del posto, ma ne conoscevamo alcune. Da bambina, ero infinitamente curiosa di Salem e avevo tormentato mia madre finché non mi portò a fare una gita di un giorno.

La cittadina, un tempo luogo di terrore e morte per le streghe, era tranquilla e coperta di neve con un grazioso centro città. Mentre passavamo in auto vicino all'area dove erano avvenute alcune delle esecuzioni delle streghe, il mio cuore fece un battito strano e lo stomaco si contorse per l'ansia.

Che tu fossi una strega o meno, la storia qui era triste e spaventosa. Le persone erano state giustiziate per presunti comportamenti. Poiché la nostra famiglia era immersa nella storia delle streghe, sapevamo molto bene che alcune delle persone morte non solo non erano streghe, ma non sapevano nulla dell'esistenza del vero potere delle streghe. Purtroppo, come accade così spesso, cercare di parlare a favore della decenza di fronte alla paura artificialmente creata era visto come un segno di colpevolezza. Proprio come nei social media di oggi, il pettegolezzo si era propagato come un incendio in questo villaggio, avvelenando la sicurezza di molti.

Il GPS in auto annunciò che era ora di svoltare nella strada. Liam girò, e mio fratello Gabriel parlò dal sedile posteriore. «Sai, è un po' stretto qui dietro. Penso che al ritorno dovrei sedermi davanti».

Questa era stata una discussione infinita tra i miei fratelli quando eravamo piccoli. Era bello avere Gabriel a casa, e speravo che avesse intenzione di restare. Guardando oltre la spalla, incrociai il suo sguardo verde scuro e sorrisi. «Forse. Ma è l'auto di Liam, lo sai».

Guardandomi, Liam mi fece l'occhiolino e lanciò una risata alle sue spalle. «Devo rimanere nelle grazie di Moira, quindi deciderà lei».

Gabriel si limitò a ridacchiare. Passammo davanti alla casa in questione, e sembrava davvero vuota. Non c'erano auto nel vialetto e il giardino era deserto. La maggior parte delle case nelle vicinanze aveva luci e decorazioni natalizie, ma questa casa era immobile e buia. Era una semplice casa in stile Cape Cod in un piccolo quartiere ordinato.

Dopo che Liam ebbe superato la casa, ripassammo rapidamente il piano che avevamo discusso durante il viaggio da Charm Cove. Lui e Gabriel avrebbero aspettato in macchina a una strada di distanza. Io mi sarei teletrasportata direttamente dall'auto.

Una volta che Liam ebbe parcheggiato, mi guardò. «Prometti che tornerai se ci sarà qualche pericolo».

Mi sporsi attraverso la console tra i sedili e premetti le mie labbra sulle sue per un breve bacio. «Lo prometto. Non perdiamo tempo. Lasciami fare questo».

Liam e Gabriel rimasero in silenzio mentre facevo un respiro profondo e chiudevo gli occhi, restringendo la mia concentrazione. In un momento, il mio corpo iniziò a vibrare, e quella sensazione di capogiro prese il sopravvento mentre l'energia vorticava in cerchio quando aprii gli occhi.

In un lampo, non vidi altro che scintille di luce, fumo e brillantini. Un attimo dopo, mi ritrovai al piano superiore della piccola casa davanti alla quale eravamo appena passati. Non sapevo perché, ma ogni volta che atterravo in luoghi in cui non ero mai stata, finivo sempre a un piano superiore se ce n'era uno.

Per fortuna, ero atterrata in una stanza completamente vuota. Feci un respiro profondo, mi orientai e poi mi guardai intorno. Presumevo di essere in una delle due camere da letto al piano di sopra, basandomi sull'esterno della casa.

Se vivevi nel New England, c'erano buone probabilità che fossi stato all'interno di una casa originale in stile Cape Cod. Le planimetrie erano così simili che era più sorprendente quando non era esattamente come ti aspettavi. Questa casa sembrava essere come me l'aspettavo. Dopo aver ascoltato e non aver sentito nulla, uscii silenziosamente dalla stanza, arrivando a un pianerottolo tra le due camere da letto al piano superiore. C'era un bagno direttamente di fronte al punto in cui la scala incontrava il pavimento di sopra e poi un'altra camera da letto direttamente di fronte a quella dove ero atterrata.

Quella camera da letto non era vuota. Sembrava abitata con un letto matrimoniale e lenzuola sgualcite, libri impilati sul comodino accanto e una televisione sul comò contro la parete opposta.

Pensai di approfittare del momento per vedere se potevo trovare qualcosa lì. Avvicinandomi in punta di piedi, esaminai la stanza, con gli occhi attratti dalla pila disordinata di libri accanto al letto. In fondo c'era un libro di incantesimi. Lo tirai fuori silenziosamente, sfogliandolo ma senza trovare nulla di insolito. Era un libro di incantesimi abbastanza standard. Non vedendo informazioni identificative, lo rimisi nella pila di libri.

Dopo un'altra rapida occhiata, scesi in punta di piedi. Anche quest'area sembrava abitata. Ero sorpresa, dato che l'esterno della casa dava l'impressione che fosse vuota. Le persiane erano alzate, ma le tende erano tirate su tutte le finestre, impedendo di vedere all'interno della casa. Ancora una volta, non trovai nulla di insolito. Proprio mentre stavo per valutare se teletrasportarmi di nuovo all'auto, sentii delle voci avvicinarsi dal retro della casa.

Invece di camminare o correre su per le scale, feci vorticare del fumo e mi teletrasportai proprio lì. Una volta che ero stata in un posto, era facile tornarci. Scivolando nell'armadio nella camera da letto vuota, mi sentii come se stessi ripetendo quello che avevo fatto quando mi ero intrufolata a casa di Abby qualche mese fa.

Ovviamente, non avevo mai visto chiunque vivesse in questa casa. Con mia delusione, non sentii nessuno entrare. Ma poi, dopo aver aspettato, sospettai che qualcuno fosse entrato in casa e si fosse reso invisibile. Gli incantesimi di occultamento nascondevano tutti e cinque i sensi: vista, udito, olfatto, tatto e gusto. Ciò significava che non potevo sentire passi o movimenti.

Mentre ovviamente non potevo vederli perché ero nascosta in un armadio e sospettavo che si fossero occultati, percepivo la loro presenza.

Le preoccupazioni di Liam e del resto della mia famiglia lampeggiarono nei miei pensieri. Non avevo modo di vedere se qualcuno fosse vicino a me. Ero comodamente nascosta nell'armadio nella stanza vuota, quindi presumevo che avrebbero dovuto aprire la porta per trovarmi. Per quanto ne sapevo, un incantesimo di occultamento non permetteva a una persona di attraversare i muri.

Improvvisamente, sentii dei movimenti nella stanza in cui mi stavo nascondendo, prima un set di passi e poi un altro.

Oh, cavolo.

Mi ricordai che potevo trasportarmi fuori di lì in un secondo. Mantenni parte della mia attenzione sulla magia dentro di me e il resto sui suoni attraverso la sottile porta dell'armadio. Come previsto, questo armadio era minuscolo, niente più di una piccola scatola.

«Beh», disse una voce maschile, «qualcuno è stato qui. Credo che se ne siano andati. Riesci a percepire qualcosa?»

Parlò un'altra voce maschile. «Percepisco della magia, ma nient'altro».

«Tanto per essere un potente sensitivo», replicò la prima voce con una leggera risata.

L'altro uomo rise a sua volta. «Non posso percepire se le persone hanno la magia. Posso solo percepire se sono stati lanciati incantesimi. Per farlo, devo avere qualche tipo di indizio come punto di partenza. In questo momento, tutto ciò che ho è la tua sensazione. Senza offesa, ma non è molto utile».

Dei passi attraversarono la stanza fino a dove immaginai stessero guardando fuori dalla finestra, in base alla direzione del suono. «Non pensi che qualcuno ci abbia rintracciato qui, vero?»

«È improbabile. Ma abbiamo corso un grosso rischio. Charm Cove ha alcune delle streghe e degli stregoni più potenti del mondo».

«Lo so», mormorò il primo uomo. «Normalmente, non cercherei di andare a caccia di un premio come il faro lì, ma ne valeva la pena per rubare quella magia».

Magia rubata?

Per poco non sussultai ad alta voce, trattenendo il respiro all'ultimo secondo. Rubare la magia *non* era facile. Chiunque avesse scelto di farlo era sicuramente potente. In base a quel commento, supposi che non avessero solo spezzato l'incantesimo al faro, ma avessero rubato la magia per cercare di lanciarla di nuovo.

Gli incantesimi potevano essere ricreati da chiunque avesse poteri. Ma gli incantesimi più potenti erano solitamente specifici per streghe o stregoni. Potevano essere tramandati attraverso le generazioni e appresi e ricreati, ma rubare la magia che originariamente proveniva da qualcun altro era profondamente disapprovato nel mondo delle streghe.

I passi si diressero di nuovo nella mia direzione nell'armadio. Per quanto volessi rimanere lì, sentivo che mi stavo spingendo un po' troppo oltre, sfiorando il limite di farmi catturare.

Aspettai per sentire se avrebbero detto altro, ma gli uomini erano in silenzio. Feci un respiro profondo e chiusi gli occhi. Una volta che avevo usato la magia, se la usavo di nuovo poco dopo, era molto più facile richiamarla. Con la magia che ancora vorticava nel mio nucleo, la lasciai andare.

A volte quando lanciavo questo incantesimo, mi sentivo come un disco che volava nell'aria. Dopo un respiro profondo, il fumo scintillante vorticò intorno a me proprio mentre la porta dell'armadio si apriva. Un uomo alto con i capelli grigi e gli occhi scuri si trovò davanti a me per non più di un secondo, la sua bocca si spalancò mentre mi guardava scomparire proprio davanti ai suoi occhi.

CAPITOLO SEDICI

Più tardi quella sera, mi appoggiai alla spalla di Liam sul divano, ascoltando Gabriel che ci dava una versione breve della sua vita da quando l'avevo visto l'ultima volta. Eravamo rimasti in contatto tramite messaggi e occasionali telefonate e ci vedevamo durante le visite per le festività. Anche durante la mia permanenza lontano da Charm Cove, avevo mantenuto i contatti con tutti nella mia famiglia e li avevo visitati regolarmente. Semplicemente non avevo usato la magia. Nel frattempo, Gabriel aveva vissuto in California. Era un genio della programmazione informatica e lavorava come consulente forense contabile. In breve, era molto abile nel rintracciare dettagli nascosti online.

«Allora, qual è il tuo piano?» chiesi.

Gabriel faceva roteare la bottiglia di birra vuota tra le dita, facendola girare leggermente sul tavolino accanto alla poltrona su cui era seduto. «Il piano è di tornare a Charm Cove. Posso fare tutto quello che già faccio da qui. Ho i contatti necessari, e in ogni caso è tutto lavoro online.»

«La mamma sarà entusiasta», dissi con un sorriso.

Gabriel ridacchiò, passandosi una mano tra i capelli neri e setosi. «Questo è certo. Anche se dubito che sarà felice quanto lo è stata quando sei tornata tu.»

«Beh, questo perché il destino non pesa sulle tue spalle.»

Gabriel lanciò un sorriso malizioso in direzione di Liam. «Verissimo. Mi sento fortunato.» Il suo sorriso si affievolì mentre guardava prima l'uno e poi l'altra. «Parlando seriamente, voi due sembrate molto felici. Ho sempre sperato per te che, in fondo, essere praticamente costretta a un matrimonio combinato si rivelasse una cosa positiva.»

Liam ridacchiò, le sue dita che giocavano con le punte dei miei capelli. Quella vecchia parte di me, quella che aveva provocato la mia fuga da Charm Cove, mise su una piccola lotta interiore. Volevo dire che era sciocco e contestare il punto, ma la realtà era che volevo stare con Liam. Ne ero immensamente sollevata.

«Siamo felici», offrì Liam. «Suppongo che sia un colpo di fortuna, eh?»

I suoi occhi incontrarono i miei mentre mi faceva l'occhiolino. Lo spinsi leggermente con il gomito. «Direi che è fortuna.»

«Hai intenzione di restare, restare adesso?» chiesi a Gabriel, riportando l'argomento su di lui.

«Restare, restare?» ripeté. «Significa qualcosa di diverso quando lo dici due volte?»

Alzai gli occhi al cielo. «Sai cosa intendo. Tipo restare definitivamente ora.»

Gabriel scosse la testa. «Non ancora. Sarò qui fino a Natale. Non me ne andrò fino a dopo l'anno nuovo, ma devo tornare in California e sistemare alcune cose in sospeso. Quindi pensate che dovremmo preoccuparci di quel tipo?» chiese, passando rapidamente a un altro argomento.

Ovviamente, avevo informato Liam e Gabriel su ciò che era accaduto durante il mio breve viaggio nella casa di Salem nel momento in cui ero tornata in auto. Scrollai le spalle, allontanandomi da Liam per prendere il bicchiere di vino dal tavolino. «Non lo so. Voglio dire, quell'uomo mi ha vista ora, quindi c'è questo. Ma non so quanto possa essere un problema, o se mi abbia effettivamente vista bene. Stavo già uscendo quando ha aperto la porta del ripostiglio. Ho avuto il tempo di vedere il suo viso e questo è tutto.»

«Saresti in grado di identificarlo se lo vedessi di nuovo?» chiese Gabriel.

«Oh, assolutamente. Ho visto bene il suo volto. Però non ho potuto vedere affatto l'altro uomo che era con lui. Dobbiamo parlare con tutti gli altri. Voglio dire, se possono rubare la magia, sono *potenti*.»

Mio fratello reclinò la testa all'indietro e gemette. «Lo so.»

Avevo chiamato mia madre sulla strada di ritorno per riferire, e presumevo che la notizia si fosse già diffusa come un incendio tra le nostre famiglie. Non eravamo tornati a casa fino a tardi, ben oltre le nove di sera. «Come ho detto, mamma vuole che vada da lei domani mattina per un caffè prima che io vada al negozio.»

«Beh, io userò un po' di magia online e vedrò cosa riesco a trovare sull'unico nome che abbiamo. Forse posso scoprire con chi sta lavorando», rispose Gabriel.

«Sarebbe ottimo», commentò Liam.

La conversazione si spostò su argomenti più leggeri, e io mi appisolai qua e là, sonnecchiando contro la spalla di Liam. Quando mi svegliai più tardi, lui mi stava portando di sopra a letto.

«Sono contenta che Gabriel stia tornando a casa», mormorai contro la sua spalla.

La sua risata sommessa mi risuonò nell'orecchio. «È una cosa buona, ma sono molto più felice che tu sia tornata a casa.»

Poi mi stava mettendo a letto e tirandomi sopra le fresche lenzuola.

———

La mattina seguente, ci svegliammo con la neve fresca a terra. Il paesaggio sembrava magico, coperto dalla nevicata dopo il Ringraziamento, e poi la neve della scorsa notte gli aveva dato un aspetto soffice e morbido fino all'oceano, prima che il terreno scendesse dietro la scogliera.

Ghost non aveva trascorso molto tempo fuori questa mattina. Dopo la grande nevicata della settimana scorsa, aveva persino rinunciato alle sue passeggiate lungo la scogliera. Dirigendoci verso la colazione a casa dei miei genitori, Liam ed io camminavamo nella neve con i nostri stivali. Non potei resistere dal calciare la neve leggera, osservando i fiocchi volteggiare nell'aria e brillare al sole.

Gabriel stava alloggiando nel vecchio cottage del giardiniere per questa visita. Anche se l'avevo sentito chiedere a Liam la scorsa notte, mentre ero mezza addormentata, se Liam avesse intenzione di trasferirsi ufficialmente da me. Gabriel possedeva un pezzo di proprietà adiacente a questa parte della proprietà della nostra famiglia, ma non c'era nulla sopra. Mi aveva spiegato il suo piano di costruire qualcosa nei prossimi anni. Nel frattempo, immaginavo che avrebbe preferito il cottage del custode che Liam aveva affittato piuttosto che il cottage del giardiniere. Era più spazioso e aggiornato. Se Liam aveva riferito a Gabriel il suo piano, non me lo ricordavo. Era praticamente già trasferito da me.

Liam teneva la mia mano inguantata mentre camminavamo, anche se lui non si era preoccupato di indossare i guanti. I sempreverdi erano spolverati di neve, l'aria era frizzante e pungente, e il cielo era di un blu brillante mentre il sole nascente luccicava sulla cima degli alberi. La mattina sembrava magica. Considerando gli eventi piuttosto stressanti del giorno prima, lo prendevo come un buon segno.

Mia madre aveva preparato il caffè e stava facendo il French toast quando arrivammo. Con la nostra eredità francese, ci vantiamo di essere cuochi straordinari. Il French toast di mia madre non era il solito French toast. Faceva il pane lei stessa e preparava una miscela speziata di cardamomo, cannella e zucchero che era semplicemente divina.

Poco dopo, stavo sgranocchiando un pezzo di bacon mentre

osservavo Liam divorare la sua seconda porzione di French toast. Sebbene fossi certa che i miei genitori fossero impazienti di sentire del nostro viaggio del giorno prima, specialmente dopo il mio rapporto sulla magia rubata, il cibo aveva la precedenza. Solo dopo che Liam ebbe posato la forchetta e fatto un lungo sorso di caffè, mio padre mise da parte il giornale e guardò mia madre.

«Allora, cara, cos'è questa storia della magia rubata?» chiese lei.

Riassunsi rapidamente ciò che avevo sentito, osservando gli occhi di mia madre allargarsi e quelli di mio padre restringersi.

«Sono *così* contenta che tu sia uscita da lì in tempo. Grazie per aver accettato di portare con te tuo fratello e Liam. Se avessi dovuto viaggiare molto più lontano, potresti non essere stata in grado di andartene così rapidamente.»

Si riferiva al fatto che più lontano tentavo di trasportarmi con l'incantesimo, più tempo ci voleva perché l'incantesimo facesse effetto. Aveva perfettamente ragione. E solo perché sapevo che la soddisfaceva sentirmelo dire, lo feci. «Hai assolutamente ragione, mamma. Sono contenta che fossero con me.»

Sentii lo sguardo di Liam su di me. Incapace di resistere al guardare nella sua direzione, quasi scoppiai a ridere vedendo il luccichio malizioso nei suoi occhi. Mi conosceva bene, e sapeva che stavo assecondando mia madre. Non mi dispiaceva. Le volevo bene, e se la rendeva felice sentirmi dire che aveva ragione, l'avrei fatto volentieri. C'era anche il semplice fatto che aveva ragione, quindi non aveva senso trattenermi.

Mio padre rimase in silenzio per qualche istante, facendo diversi sorsi di caffè prima di parlare. «Beh, una coppia di stregoni che hanno abbastanza potere da rubare la magia da un incantesimo secolare avrebbero certamente potere sufficiente per lanciare un incantesimo di occultamento.»

«Avremmo dovuto tenere meglio d'occhio le famiglie di Salem. Penso che siamo diventati troppo comodi qui», si preoccupò mia madre.

Mio padre scrollò le spalle, imperturbabile. «Come facciamo a tenerli d'occhio? Sappiamo chi sono, ma non è che possiamo chiamarli e chiedere se stanno lavorando sulla loro magia e cosa sta succedendo nel corso delle generazioni. C'è molto potere qui a Charm Cove, molto più di quello che c'è a Salem. Ma è chiaro che alcune famiglie hanno affinato i loro poteri. Non mi interessa particolarmente che abbiano rubato la magia dal faro. Possiamo rilanciare l'incantesimo. Non perdiamo il potere o l'incantesimo. Loro semplicemente lo acquisiscono per usarlo. La domanda pertinente è perché?»

«Esattamente», disse fermamente mia madre. «Perché?»

CAPITOLO DICIASSETTE

Il giorno seguente, ero sommersa dalle domande di partecipazione alla fiera dell'artigianato per il Charm Fest. Per fortuna, sono riuscita a esaminarle tutte al bancone tra un cliente e l'altro. Per l'ora di pranzo, avevo selezionato circa sessanta candidati e intendevo chiedere a Emma di aiutarmi a decidere gli ultimi dieci da eliminare. Non lo sapevo prima d'ora, ma a quanto pare non mi piace dire *no* a nessuno, specialmente quando si tratta delle amate opere d'arte di qualcuno.

Cercando di rimanere imparziale, ho provato a concentrarmi sul mantenere un equilibrio tra gli articoli per la fiera. Questo ha reso più facile dire no. Potevamo avere solo un certo numero di esposizioni di ceramica.

Stavo appena completando la vendita con un cliente quando qualcosa ha attirato la mia attenzione fuori dal negozio. Guardando attraverso le vetrine, ho visto il volto dell'uomo che avevo visto poco prima di viaggiare fuori dall'armadio a Salem.

Oh, diavolo.

L'uomo non sembrava avere paura di me. Per molte persone – in particolare per quella parte della popolazione che non sa che la vera magia esiste e che streghe e stregoni camminano liberamente nel mondo – vedere qualcuno scomparire in un tunnel di fumo e scintille potrebbe essere spaventoso.

Quest'uomo non era turbato dall'ultima volta che mi aveva visto. Infatti, se ne stava semplicemente lì a fissarmi. La nostra decorazione natalizia era montata solo a metà, con i gemelli che avevano in programma di completare le vetrine nel pomeriggio. Si stavano divertendo un mondo a creare neve fatata per far brillare l'aria, un incantesimo che avevano perfezionato.

«Mi scusi?» chiese la donna che aspettava che le dessi il resto.

Distratta, distolsi lo sguardo dall'uomo alla finestra e tornai a guardarla. «Mi dispiace. Ecco a lei» dissi mentre contavo rapidamente il resto e glielo consegnavo.

Dopo averlo messo nel portafoglio, sorrise e se ne andò. Guardai di nuovo fuori dalla finestra, solo per vedere che l'uomo era scomparso. Immediatamente mandai un messaggio a Liam e poi chiamai mia madre.

«Sì, cara» disse mia madre.

«L'uomo che ho visto nell'armadio era appena fuori dal negozio» dissi come saluto, saltando ogni convenevole.

«Sei sicura?»

«Assolutamente. Ho visto bene il suo viso prima di viaggiare. Non c'è dubbio.»

«Va bene, chiamerò gli altri e tutti terremo gli occhi aperti. Vado subito a parlare con Gabriel. Aveva in programma di fare altre ricerche online, magari può procurarci una fotografia. Ci hai dato una descrizione, ma una foto sarebbe utile per sapere chi stiamo cercando.»

«Perfetto. Nel frattempo, non posso lasciare il negozio finché non arrivano i gemelli. Non mi sento molto a mio agio a lasciarli qui da soli questo pomeriggio, non con quell'uomo in giro.»

«Chiamerò Gabriel, e tu chiama Emma perché venga questo pomeriggio. Più siamo, meglio è» disse rapidamente mia madre.

Riattaccò, e io mi guardai intorno nel negozio, desiderando di poter semplicemente andarmene. Volevo seguire quell'uomo anche se sapevo che non era particolarmente intelligente.

Avevamo bisogno di un piano. Iniziai mandando un messaggio a Emma con un aggiornamento e chiedendole se poteva venire in negozio.

Entrarono altri clienti, che vagavano tra gli espositori e facevano domande sui regali. Nel frattempo, le mie dita prudevano e la mia spina dorsale formicolava. Volevo trovare quell'uomo. Preferibilmente adesso.

Quando il campanello sopra la porta tintinnò di nuovo, guardai istintivamente, sollevata nel vedere che era Beatrice Powers. Non sembrava essere qui per fare acquisti. Dopo aver rapidamente fatto scorrere lo sguardo per il negozio, si diresse dritta verso di me al bancone.

«Tua madre mi ha chiamato» disse senza preamboli. «Dimmi com'è fatto e cosa indossa. Farò un giro. Di solito lo faccio al mattino, ma è la copertura perfetta per camminare ovunque voglia. Inoltre, ho alcune novità sul fidanzato di Amy, il nostro amico elettricista.»

«Quali?»

«Beh, a quanto pare, è amico di uno degli investigatori della Guardia Costiera. Finora non avevamo fatto questa connessione. L'investigatore in questione è uno stregone. Questo è tutto ciò che so. Tu passa l'informazione a chi pensi debba saperlo. Per ora, dimmi chi devo cercare.»

Rapidamente diedi a Beatrice una descrizione dell'uomo, e lei si affrettò a uscire. Era già nella sua tenuta da passeggiata — comodi pantaloni e giacca in pile aderenti. Immaginavo che una volta iniziato, sarebbe rimasta perfettamente al caldo.

Liam aveva risposto al mio messaggio nel frattempo, chiedendo se avevo bisogno che venisse in negozio. Gli feci sapere che per ora non era necessario.

Emma arrivò pochi minuti dopo. «Ehi» disse con un cenno mentre si affrettava attraverso la porta. Passandomi rapidamente alle spalle del bancone, andò sul retro per lasciare la borsa e la giacca. Non appena mi raggiunse al bancone, continuò: «Rimarrò tutto il pomeriggio se vuoi. Vuoi andare via ora?»

«Penso sia meglio se rimango qui. Beatrice sta facendo una passeggiata extra per vedere se riesce a trovare quel tipo. Devo lanciare un incantesimo di protezione sulla porta sul retro, però. Terrà fuori qualsiasi strega e stregone a meno che non li invitiamo a entrare.»

«Mi sembra un buon piano.»

Dopo essermi occupata di quello, Emma e io rimanemmo impegnate fino all'arrivo dei gemelli dopo la scuola. Li lasciammo lavorare alle vetrine mentre noi continuavamo a servire i clienti. *Adoravano* lavorare alle vetrine. Emma mi aiutò a selezionare le ultime candidature per la fiera dell'artigianato.

Nel tardo pomeriggio, mi affrettai attraverso il parco comunale per una missione caffè. Spingendo la porta del Magic Beans, quasi mi scontrai con Liam che stava uscendo.

Teneva in mano un vassoio con tre caffè e fece un rapido sorriso. «Stavo proprio portandoli a te e Emma» disse a mo' di saluto.

Facendo un passo indietro, ricambiai il suo sorriso. «Beh, direi che ora leggi nel pensiero. Ero qui per prendere il caffè per noi.»

Tenne aperta la porta mentre mi giravo, e uscimmo insieme.

Mentre camminavamo attraverso il parco, il nostro respiro si condensava nell'aria fredda invernale.

«Novità?» chiese Liam.

«Niente. E tu?»

Scrutai le strade piene di acquirenti che passeggiavano per il centro, cercando istintivamente l'uomo di Salem. Anche se non avevo idea di cosa avrei fatto se l'avessi visto.

«Solo che, secondo tua madre, tuo fratello ha rintracciato quell'uomo online e ha inoltrato una fotografia.»

«Chi è?»

«Samuel Parker. È il proprietario di quella casa a Salem, ed è sicuramente discendente da uno stregone.»

Riflettei su questo, guardando Liam. «Vorrei che potessimo mettere insieme tutti i pezzi. So dalla conversazione che ho sentito che hanno rubato l'incantesimo del faro, ma non so perché. E cosa c'entra questo con il naufragio e l'incantesimo di occultamento?»

Liam rimase in silenzio per qualche istante, fermandosi sul marciapiede con me mentre aspettavamo che passassero alcune auto per poter attraversare la strada. «Una volta che avremo capito questo, sarà tutto risolto. Potrebbe essere semplicemente una brama di potere. Forse stiamo complicando troppo le cose.»

Tenni lo sguardo fisso su Liam, torcendo la bocca di lato mentre scrollavo le spalle. «Ci sono altri modi per ottenere potere oltre a far naufragare una nave e rubare un incantesimo del faro. Sono cose molto specifiche da fare. Ho la sensazione che ci manchi qualcosa.»

Lo sguardo azzurro di Liam scivolò sul mio viso, poi allungò la mano, scostando dalla mia fronte una ciocca di capelli che il vento aveva scompigliato. «*Ci* manca qualcosa, ma lo scopriremo. Prima o poi.»

A quelle parole, mi prese la mano, guardando da entrambi i lati prima di scendere dal marciapiede. Mentre entravamo nel negozio, Emma strillò quando vide il caffè.

«Oh mio Dio! Davvero leggi nel pensiero. Voi due siete davvero destinati a stare insieme» annunciò.

Accompagnò il commento con un occhiolino e un sorriso malizioso mentre io alzavo gli occhi al cielo e scuotevo leggermente la testa. Stavo cercando di non pensarci troppo, ma aspettavo silenziosamente da quando Liam aveva fatto la sua proposta sugli anelli. Quell'idea mi aveva resa impaziente che facesse la famosa domanda.

Curioso come funzionano certe cose.

CAPITOLO DICIOTTO

Quella sera dopo la chiusura del negozio, andai con Liam ad assistere a una delle prime rappresentazioni de *Lo Schiaccianoci* alla scuola superiore. Proprio come in molte piccole città, Charm Cove manteneva vivace la sua comunità convogliando l'energia collettiva di diverse passioni in varie attività. Beatrice Powers e una delle sue amiche amavano il teatro e organizzavano spettacoli diverse volte durante l'anno. L'annuale rappresentazione de *Lo Schiaccianoci* era il fulcro di ritrovi, pettegolezzi e tanto divertimento nel periodo che precedeva il Natale.

Di solito c'erano tre o quattro spettacoli a settimana. Quando ero a casa, mi impegnavo a partecipare sempre al primo spettacolo dell'anno. Come i gemelli, anch'io avevo fatto parte de *Lo Schiaccianoci* alcune volte. Il teatro della scuola superiore era affollato di amici e familiari.

Qualche anno fa avevano alzato la posta aggiungendo cibo e alcolici da servire agli spettatori. Di conseguenza, si erano garantiti il tutto esaurito fino a Natale. La città aveva aggirato le normative sulla somministrazione di alcolici nella scuola grazie a un'arcana clausola scritta nei regolamenti cittadini. Nei tempi passati, la scuola era stata uno dei principali luoghi di ritrovo in città, uno dei pochi dove potevano ospitare festività cittadine.

Lo era ancora oggi, ma la città era cresciuta parecchio, quindi c'erano alternative. All'epoca, era stato scritto nel codice cittadino che dopo l'orario scolastico, i terreni della scuola potevano essere utilizzati per altre attività, compresa la somministrazione di alcolici. Era una situazione piuttosto divertente ma comunque conveniente.

Dopo aver mangiato alcuni antipasti nella hall, io e Liam ci facemmo strada tra la folla per trovare i nostri posti insieme ai miei genitori, i suoi genitori, Lea e Jacob, e alcuni altri membri della famiglia. I gemelli ricevettero una dose extra di affetto da parte di tutti gli adulti perché erano i bambini più piccoli tra le nostre due famiglie.

Con la calda mano di Liam sulla parte bassa della schiena, mi guidò verso un paio di posti riservati per noi. Una volta seduta, fui felice di scoprire che i sedili avevano ancora i tavolini pieghevoli. Posai il mio bicchiere di vino, mi sporsi per dare un bacio sulla guancia di mia madre e salutai tutti. Dopo il mormorio di saluti, zia Lea fece cenno a tutti di fare silenzio.

«Beh, per quanto ne sappiamo, nessuno ha più visto quell'uomo da quando ha spiato dalla finestra del negozio. Non posso credere che abbia avuto il coraggio di farlo», sbuffò. Appoggiandosi allo schienale del sedile, sistemò la gonna e bevve un lungo sorso di vino.

Liam si appoggiò all'indietro, posando il braccio sulle mie spalle. Qualcun altro passò e ci salutò, deviando l'argomento mentre mia madre iniziava a chiacchierare.

Quando Liam parlò, la sua voce era solo per le mie orecchie. «Non mi sorprenderebbe se lo vedessimo qui. Ho visto la sua foto, ma fammi sapere se lo vedi».

Alzai lo sguardo. «Pensi che avrebbe il coraggio di venire qui?»

Liam annuì quasi impercettibilmente. «Certo. C'è folla. Se vuole dare una buona occhiata alle streghe e agli stregoni con cui potrebbe avere a che fare, potrebbe presumere che molti di noi sarebbero qui».

L'ansia mi attanagliò lo stomaco, ma mi costrinsi a non pensarci. Non volevo che quella sensazione incombesse su di noi. Non qui e non ora.

Le luci si abbassarono e lo spettacolo iniziò. I gemelli avevano parti di danza d'insieme ed erano adorabili, naturalmente. Solo le streghe e gli stregoni, di cui ce n'erano molti tra il pubblico, avrebbero probabilmente notato che il bagliore lavanda e rosa nell'aria ogni volta che ballavano era probabilmente lanciato da loro.

Trattenni una risata quando lo vidi. «Non riescono proprio a trattenersi», mormorai a Liam.

Quando mi strinse la spalla in risposta, assaporai quella sensazione. Non che avessi dubbi residui sul ritorno a Charm Cove. Tutti i dubbi erano svaniti. Nemmeno la minaccia dell'uomo sconosciuto poteva offuscare la gioia di essere qui.

Le piccole città avevano la loro magia, una magia che esisteva indipendentemente dalla presenza di streghe e stregoni. Erano luoghi speciali, ed erano momenti come questo in cui si sentiva la connessione collettiva tra la comunità e le personalità divertenti e stravaganti dei giovani che esplodevano di energia.

Quando il sipario calò, ci fu un momento di mormorii prima che si alzasse di nuovo e si accendessero le luci. Liam si sporse per posare un bacio sul lato del mio collo, e i brividi mi corsero lungo il corpo al suo tocco. Quando sollevò la testa, sorrisi prima che un movimento catturasse la coda del mio occhio. Fu allora che vidi di nuovo l'uomo misterioso.

«Liam», sussurrai velocemente.

Lui abbassò lo sguardo, seguendo immediatamente la mia direzione. Non aspettò nemmeno. «Torno subito».

Poi si alzò, muovendosi rapidamente tra la gente mentre il pubblico applaudiva e gli attori si inchinavano sul palco. Mi affrettai dietro Liam, sentendo il movimento di alcuni altri del nostro gruppo che mi seguivano. Supposi avessero capito che avevo visto l'uomo.

L'uomo era abbastanza alto da essere visto sopra la folla. Vidi i suoi occhi scrutare il pubblico. Liam era alle sue calcagna mentre l'uomo si girava e camminava rapidamente tra la folla. Volevo urlare, ma sapevo che sarebbe stato decisamente *contro-producente* in mezzo a tutta quella gente.

Nel giro di secondi che sembrarono ore, uscimmo da una porta laterale in un'area di deposito sul retro del teatro. L'adrenalina mi scorreva nelle vene mentre mi affrettavo lungo il corridoio buio. Liam era davanti a me, e lo vidi allungarsi per afferrare l'uomo per il braccio.

Per un attimo, pensai che lo avessimo preso. Proprio in quel momento, il braccio dell'uomo si tese in avanti, puntando una bacchetta nella mia direzione. In un lampo, ci fu un abbagliante fulmine di luce. Liam si era girato, lanciando rapidamente un incantesimo di blocco.

L'uomo imprecò e barcollò prima di girarsi e correre fuori dalla porta sul retro proprio mentre alcuni altri entravano di corsa dalla porta laterale nel corridoio: mio padre, mia madre, Jacob e Lea. La luce dell'incantesimo che Liam aveva lanciato stava appena iniziando a svanire.

Jacob guardò dritto verso Liam. «Che incantesimo hai dovuto bloccare?» chiese.

Gli occhi di Liam erano scuri, la rabbia emanava da lui a ondate. Mio padre li superò dirigendosi verso la porta posteriore che oscillava nel vento, l'aria fredda che soffiava dentro dalla notte buia.

«Non lo so», rispose Liam, spostando lo sguardo da me a Jacob e viceversa. «Aveva una bacchetta puntata dritta contro Moira, quindi non ho aspettato di vedere cosa fosse. L'ho semplicemente bloccato».

Senza muoversi da dove si trovava, Jacob chiuse gli occhi e alzò le mani. Con gli effetti persistenti dell'incantesimo di blocco di Liam e l'incantesimo di percezione di Jacob, l'aria sembrava pesante, quasi elettrizzata.

Dopo un attimo, Jacob aprì gli occhi proprio mentre mio

padre tornava dall'esterno, scuotendo la testa. «È scappato da un pezzo».

«Ha lanciato un incantesimo di furto. Non stavi per caso per viaggiare?» mi chiese Jacob.

Scossi la testa. «No. È possibile che qualcuno rubi l'incantesimo di un'altra persona anche se la persona non lo sta usando?» chiesi la domanda logica successiva.

Opal rispose mentre si univa al gruppo: «È possibile, ma è raro. Non perderesti il potere, ma lui lo acquisterebbe».

Tutti noi restammo lì, con la sensazione collettiva di frustrazione che aleggiava nell'aria.

CAPITOLO DICIANNOVE

«Ecco a Lei», dissi, consegnando una borsa natalizia a una cliente.

«Grazie!» rispose la donna con un sorriso mentre si allontanava.

Il campanello tintinnò sopra la porta mentre usciva, con una folata di neve e Alice Good che entravano mentre la donna se ne andava.

Alice scosse la neve dal cappotto e batté i piedi sullo zerbino all'ingresso mentre si guardava intorno nel negozio. Eravamo impegnati, ma d'altronde lo eravamo sempre in questo periodo dell'anno. Le gemelle si aggiravano chiacchierando con i clienti mentre io presidiavo il bancone.

La madre di Liam era bellissima. Anche se suppongo che fosse solo prevedibile con il bell'aspetto di Liam. Aveva preso i capelli scuri da lei e i suoi straordinari occhi azzurri dal padre.

Alice sorrise mentre si avvicinava al bancone. «Buongiorno, Moira, come va questo pomeriggio?»

«Indaffarata, ma non è una novità», risposi. «Lei come sta?»

«Molto bene. Grazie.»

«Cosa La porta qui oggi? Sta cercando regali, o forse qualche rimedio?»

Alice sfoggiò un altro sorriso, abbassando lo sguardo nella

vetrina espositiva. «Beh, sono qui per vedere gli anelli. Vorrei prenderne uno per Juliette. Speravo...» le sue parole si affievolirono mentre esaminava la vetrina, «in uno zaffiro, e Lei ne ha uno. Perfetto. Quello proprio lì», disse, battendo il dito sul vetro.

Facendo scorrere le porte sul retro della vetrina, allungai la mano e lo presi per lei. Porgendoglielo, chiesi: «È sicura che sia questo quello che vuole?»

«Assolutamente. Ne voglio uno che si abbini ai suoi occhi, e questo zaffiro ci riesce.»

Alice alzò i suoi occhi marrone scuro verso i miei. «Presumo che ci sia un incantesimo leggero?» chiese, con appena un accenno di domanda nel tono.

«Certo, solo un tocco per migliorare l'umore. Può aggiungere qualsiasi cosa voglia per Juliette. Desidera che glielo incarto?»

«Per favore», rispose Alice proprio mentre un'altra cliente si avvicinava al bancone. Si spostò rapidamente di lato. «Prego, aspetterò.»

Misi l'anello nella sua piccola scatola sul bancone lungo la parete dietro la cassa e mi voltai per occuparmi della cliente. Dopo aver venduto alla donna una bacchetta assolutamente priva di qualsiasi carica e una pozione *L'Amore Troverà la Sua Strada*, mi girai di nuovo verso Alice. «Mi dia solo un minuto per incartarlo.»

Al suo cenno, scivolai attraverso la tenda sul retro, presi carta da regalo e un fiocco, e tornai davanti. Mentre lo incartavo, Alice si spostò di lato al bancone.

«Nessun effetto collaterale da quel tentativo di incantesimo di ieri sera?» chiese in modo colloquiale. Si sarebbe potuto pensare che stesse chiedendo del tempo.

Anche se non era corsa sul retro fino a quando tutto non era finito, Alice era ovviamente a conoscenza di ciò che era accaduto.

«Nessuno. Vorrei solo che fossimo stati in grado di prenderlo ieri sera. So che ha l'aiuto di quell'altro uomo. Voglio sapere cosa stanno facendo e perché.»

«Non è che lo vogliamo tutti?» rifletté Alice mentre piegavo la carta intorno alla scatola. «Ho fatto qualche ricerca in più in termini di storia, e sono sempre più convinta che riusciremo a risalire alla famiglia che ha cercato di acquistare la proprietà del faro quando la faida era al culmine. Domani andrò a Salem. Ho un'amica lì di cui mi fido. Forse potrà darmi qualche informazione in più sulla storia delle famiglie che sono rimaste e hanno lasciato la zona. Abbiamo una storia abbastanza buona qui, ma ce ne siamo andati, quindi non siamo rimasti in contatto con molte delle famiglie. Potrei essere in grado di collegare i puntini.»

Dopo aver legato il fiocco intorno alla scatola, misi l'acquisto di Alice in una piccola borsa regalo e gliela consegnai. «Sarebbe certamente utile. È sicura di voler andare da sola? Loro sanno chi sono, e dopo ieri sera, sono sicura che possono collegare gli altri puntini.»

Alice sorrise dolcemente. «Naturalmente, non andrò da sola. Il padre di Liam è protettivo tanto quanto Liam, e ha già insistito per venire con me. Non c'è bisogno di preoccuparsi.» Alice fece una pausa, il suo sguardo caloroso su di me mentre battevo lo scontrino. «A proposito di Liam, sembra che le cose tra voi due stiano andando molto bene.»

Non credevo alla sua domanda casuale e rilassata. Sapevo bene. Alice era mite e cortese, ma non dubitavo che sapesse che Opal aveva passato gli anelli a Liam. Non avevo intenzione di lasciare che questa conversazione andasse sotto la superficie, non ora.

Sorrisi semplicemente e annuii. «È così. Comunque, il totale è...»

Alice ridacchiò, ma lasciò cadere l'argomento. Uscì dal negozio con una folata di neve che entrò nella sua scia. Fuori nevicava abbastanza forte da farmi considerare se dovessimo chiudere in anticipo. Eppure questo era il Maine, e la neve raramente rallentava il mondo qui. E infatti, dandomi ragione, il ritmo dei clienti si mantenne costante fino all'orario di chiusura. Feci salire Celia e Delia nella mia auto e le accompagnai a casa attraverso l'oscurità che calava con i fari che facevano brillare la neve sulla strada mentre cadeva.

———

Ci svegliammo il giorno seguente con un paesaggio coperto di neve. Durante la notte ne erano caduti trenta centimetri o più. La zanzariera della porta tracciò un solco nella neve quando l'aprii e uscii sulla veranda posteriore al mattino. Guardando nel cortile, notai un movimento sfocato. Ghost era così bianco che quasi si confondeva, ma la sua corsa verso la veranda lo tradì.

Mi superò di corsa, e mi resi conto che non avevo pianificato come gestire la sua porticina durante l'inverno. La porticina per gatti che Liam aveva installato era all'interno della veranda e incorporata in una delle finestre. Contavamo sul fatto che potesse entrare e uscire dalla zanzariera da solo. Evidentemente non aveva avuto problemi a uscire, ma rientrare non era altrettanto facile. La neve aveva ostacolato il suo ritorno.

Stavo scoprendo che le scorribande selvagge di Ghost all'esterno si riducevano drasticamente con il freddo. Era chiaramente un gatto che amava la comodità. Adorava quando Liam accendeva il fuoco nel camino e spesso faceva un sonnellino davanti ad esso. Durante il giorno, dormiva nei raggi di sole che filtravano dalle finestre.

Trascinando una delle fioriere dall'angolo del terrazzo mentre camminavo nella neve con le pantofole, tenni la porta aperta perché Ghost potesse entrare e uscire liberamente. In piedi sulla soglia, guardai il cortile posteriore, lo spazio non era altro che neve. Il sole stava sorgendo, i suoi raggi brillavano sulla neve. L'Oceano Atlantico si estendeva in lontananza, il sole lanciava scintille sulla sua superficie mentre le onde si infrangevano sulla riva.

Sentii Liam avvicinarsi alle mie spalle. «Buongiorno», dissi.

Lui si passò una mano tra i capelli arruffati e mi rivolse un sorriso ancora un po' assonnato quando raggiunse il mio fianco.

«Buongiorno», mormorò, abbassando la testa e lasciandomi un bacio sulla guancia, che mi provocò un leggero formicolio dove le sue labbra mi avevano toccato.

Il nostro respiro si condensava nell'aria mentre stavamo lì insieme, guardando il mattino nevoso. «Ho preparato il caffè», dissi.

«Lo sento. Mi vizii.»

Risi piano, guardandolo. «Mi piacerebbe dire che l'ho fatto solo per te, ma sai quanto amo il caffè al mattino.»

Lui gettò indietro la testa con una risata, prendendomi la mano nella sua quando rabbrividii al vento che soffiava dall'oceano.

«Dai, andiamo a prendere il caffè.»

Più tardi quella mattina, era presto in negozio e non c'era molto movimento. Dopo aver preso il caffè alla dépendance, Liam mi aveva accompagnato in città, insistendo che non valeva la pena che facessi il tragitto perché mi avrebbe potuto venire a prendere a fine giornata. Ci eravamo fermati a prendere degli scone freschi da Magic Beans. Spezzai un pezzo del mio scone, assaporando il gusto di mirtilli.

Il campanello sopra la porta tintinnò, annunciando l'arrivo di un altro cliente. Alzando lo sguardo, sorrisi quando vidi entrare Beatrice Powers. L'avevo vista prima mentre entravamo in città, che marciava intorno al parco con le sue irriducibili compagne di power walking. In questo periodo dell'anno erano ridotte a un gruppo di tre.

Si era cambiata i vestiti da passeggio e indossava pantaloni di lana neri, stivali pratici e un cappotto rosso brillante. Si tolse i guanti rossi coordinati e mi sorrise quando raggiunse il bancone.

«Adoro venire qui d'inverno. L'odore del sidro speziato è uno dei miei preferiti. Dato che sei sempre qui dentro, dubito che tu sappia che quasi tutti gli altri negozi in città hanno seguito il tuo esempio in questo. Certo, il sidro speziato è abbastanza facile da preparare, ma solo tu hai i biscotti alla melassa di tua madre», disse con un sorriso mentre allungava la mano e ne prendeva uno dal piatto nell'angolo del bancone.

Ridacchiai. «Il sidro speziato è sicuramente buono da avere quando fa freddo. Anche se adoro i biscotti alla melassa, sono una tentazione poco salutare per me. In realtà devo limitarmi.»

Beatrice mi fece l'occhiolino. «Beh, goditi finché puoi, cara.»

«Allora, cosa La porta qui questa mattina? Shopping natalizio?»

Beatrice scosse la testa. «No, cara. Volevo farti sapere che alla fine ho preso il tè con la zia di Amy Lévesque.»

«Avevo dimenticato che aveva menzionato che l'avrebbe invitata a prendere il tè. Ha scoperto qualcosa di utile?»

Beatrice annuì. «Sì. Oggi andrò a informare Daniel. Il fidanzato di Amy, Clint - sai, l'elettricista?» Al mio cenno, continuò: «Oltre al fatto che ha lasciato il lavoro di appaltatore una volta che hanno perso il contratto per il faro, si scopre che è amico di Daryl Parker della Guardia Costiera. Se vuoi il mio parere, *questa* non è una coincidenza. La madre di Amy è preoccupata che Amy possa essersi cacciata in un bel pasticcio.»

«Aspetti un attimo, il suo nome è Daryl Parker?» chiesi, ricordando che Samuel Parker era l'uomo che possedeva la casa a Salem e che stavamo cercando qui.

Beatrice annuì. «Sì, è quello che ho detto.»

«Beh, Samuel Parker è il nome dell'uomo che mi ha vista nell'armadio.»

Beatrice inarcò un sopracciglio e poi annuì lentamente. «Bene, bene.»

«Cos'altro sa la zia di Amy?» chiesi.

«Non molto altro, tesoro. La madre di Amy è una di quelle persone del tipo vivi e lascia vivere. Sai cosa intendo?» chiese, stringendo le labbra con un cenno di disapprovazione.

Annuii semplicemente, astenendomi da ulteriori commenti. Era chiaro che Beatrice non era il tipo di madre che vive e lascia vivere. Sua figlia era leggermente più grande di me e viveva una vita quasi perfetta in una città vicina. Era sposata con un stregone, con tanto di staccionata bianca e due figli e mezzo. Beh, per essere precisi, tre figli.

«È preoccupata che il fidanzato di Amy sia amico dell'uomo della Guardia Costiera?»

Beatrice annuì. «Penso che dobbiamo tenere gli occhi aperti per quell'uomo, e qualcuno dovrebbe andare a parlare con l'investigatore della Guardia Costiera. Nathan è la scelta ovvia. Ora che sappiamo che condividono lo stesso cognome, presumo che siano imparentati.»

Prima che potessi aprire bocca per offrirmi di farlo io stessa, lei continuò: «Comunque, sto andando al faro questo pomeriggio. Ci riuniremo per discutere di rilanciare quell'incantesimo.»

Deve aver notato che non conoscevo quel piccolo dettaglio, e mi fece l'occhiolino. «Ho appena finito di parlare con tua madre al telefono. Non ti stai perdendo nulla. Dato che c'erano una Wicked e una Good con un po' di aiuto da uno stregone della mia famiglia, pensiamo che tua madre, Lea e io possiamo fare gli onori. Stiamo lasciando fuori gli uomini. Come stanno le cose, cercheranno solo di prendere il controllo.»

Detto questo, si rimise i guanti e se ne andò con un cenno, non dandomi la possibilità di fare ulteriori domande. Beatrice era, se non altro, efficiente.

CAPITOLO VENTI

Prima della chiusura del negozio, mia madre mi aveva informato del piano per il Faro di Beacon's Charm. Preferivano agire da sole, pensando che troppe persone avrebbero potuto attirare l'attenzione. Lea aveva trovato qualcuno che potesse riparare temporaneamente l'impianto elettrico per le luci quella sera. C'era un cugino nella famiglia Good che faceva lavori elettrici saltuariamente. Il faro aveva ancora bisogno di interventi importanti per riparare il vecchio impianto elettrico, ma era necessario che i fili per le luci fossero riparati almeno temporaneamente. Nel caso in cui l'incantesimo avesse funzionato, non avrebbero avuto modo di spiegare come potesse funzionare di nuovo senza elettricità.

Ho informato mia madre del possibile legame di parentela tra Daryl e Samuel Parker. Era concentrata sull'incantesimo per quella sera, ma mi ha chiesto di riferirlo agli altri.

Nel frattempo, io sarei stata impegnata quella sera. Mi sono diretta alla scuola superiore per incontrare diverse streghe più o meno della mia età. Stavamo preparando l'auditorium con decorazioni e pianificando la parata. Sentivo che il Natale ci stava piombando addosso ora che il Ringraziamento era passato.

Arrivando alla scuola superiore, il corridoio principale era illuminato a giorno, mentre i corridoi laterali erano al buio. Mi sono affrettata verso l'aula dove ci stavamo incontrando e ho trovato mia cugina Emma, Zoe e molte altre amiche. Ero entusiasta di vedere Juliette, la sorella minore di Liam. Eravamo state amiche da piccole, ma ci eravamo allontanate quando lei aveva frequentato un'università diversa e poi io e Liam ci eravamo lasciati.

Juliette mi ha visto non appena sono entrata dalla porta. «Moira!» ha chiamato, affrettandosi verso di me e stringendomi in un abbraccio veloce. I suoi capelli neri erano legati in una coda di cavallo con un fiocco azzurro brillante, di un colore quasi identico a quello dei suoi occhi. «Stai benissimo. Stavo proprio dicendo a Liam che speravo di vederti stasera».

«Eccomi qui», ho risposto, facendo un passo indietro e stringendole le spalle. «È davvero bello vederti».

«Anche per me. Sono così sollevata che tu e Liam siate tornati insieme. Per *tutte* le giuste ragioni», ha detto entusiasta.

Ho riso e alzato le spalle, sentendo le guance un po' accaldate. «Speriamo che la seconda volta sia quella buona», ho detto.

Siamo state coinvolte nel gruppo di donne, alcune sedute ai banchi e altre sparse sul pavimento. Mentre facevo parte del comitato organizzatore, il mio compito principale era stato organizzare la fiera dell'artigianato. Non ero responsabile delle parate. Mia cugina Emma era responsabile dei carri allegorici e stava impartendo ordini a destra e a manca.

A quanto pare, i carri allegorici della parata erano diventati una competizione accesa. Non ricordavo che fosse così quando eravamo più giovani. Durante una pausa nelle varie discussioni, ho guardato Emma. «Da quando la parata è diventata una competizione?»

Emma ha alzato gli occhi al cielo. «È iniziata solo pochi anni fa. È stato tutto a causa dei Lévesque e dei Bishop. Hanno iniziato a discutere su chi avesse il carro migliore e hanno deciso che doveva diventare una competizione formale. Sai come vanno queste cose, e tutti hanno semplicemente accettato con entusiasmo. Non credo che finirà mai ora. Inoltre, è un altro modo per la città di guadagnare un sacco di soldi. Per votare il carro della parata, le persone devono comprare una scheda di voto».

Amber Ouellette ha fatto l'occhiolino. «Non è proprio democratico. Ma funziona, giusto?»

Ero impegnata a prendere appunti dettagliati sul mio tablet su chi avesse pianificato quale carro quando ho sentito qualcuno dire il mio nome da dietro. Girandomi, ho trovato Amy Lévesque. Non c'era nulla di insolito nel fatto che fosse qui, eppure sentivo che non era venuta per chiedermi della parata.

Me l'ha confermato. «Hai un minuto?» ha chiesto.

«Certo, hai bisogno di parlare in privato?»

«Sì, se non ti dispiace».

Chiudendo la cover del mio tablet, mi sono alzata e ci siamo spostate da un lato per sederci sulle gradinate.

«Che succede?» ho chiesto.

Amy si torceva le mani, mordendosi il labbro inferiore. Non conoscevo molto bene Amy, ma potevo capire che era preoccupata per qualcosa. «Va tutto bene?»

Amy ha fatto un respiro profondo e l'ha lasciato uscire con un sospiro. «Non lo so. Ecco la cosa, sai che sto uscendo con Clint Owens, vero?»

Al mio cenno di assenso, ha continuato: «Bene, è amico di uno stregone che è nella Guardia Costiera. Tutta questa storia del faro è stata pianificata da quel tipo, ma non so perché. Pensavo fosse uno scherzo pratico. È l'unico motivo per cui ho accettato di partecipare. Ho detto a Clint che è un idiota, e non credo più che sia uno scherzo. Volevo dirlo a qualcuno, ma ho paura. Non sono come te; non vengo da una delle famiglie davvero potenti. Non so cosa puoi fare con questa informazione, ma eccola qui. Samuel Parker è dietro a tutto questo».

«Puoi dirmi qualcos'altro?» ho chiesto mentre i miei pensieri vorticavano.

Anche se ero sollevata che Amy avesse deciso di confessare ciò che sapeva, non sapevo se potevo fidarmi che non avrebbe detto nulla a Clint se le avessi menzionato ciò che sapevamo su Samuel.

Ha scosso la testa. «No. Quando ho iniziato a uscire con Clint, e lui accettava che fossi una strega, beh, era fantastico. Samuel in qualche modo l'ha coinvolto in questa storia, dicendogli che avrebbe ottenuto un sacco di soldi dal lavoro dell'appaltatore. Così Clint ha lasciato il lavoro, sperando di essere assunto da qualcun altro».

«Dimmi esattamente come è successo. Cioè, come si è schiantata la barca?»

«Beh, Clint è tornato a casa e mi ha detto che stavano per fare questo scherzo pratico e spegnere la luce al faro per alcune ore. È davvero tutto quello che mi ha detto. Stava succedendo lo stesso giorno in cui avevamo già programmato di andare alla baita della sua famiglia sull'isola, quindi non ci ho pensato più di tanto. Non mi ha detto che avremmo potuto finire per distruggere la barca. Tutti i segnali sono impazziti dopo che la luce al faro si è spenta. Inoltre, non sapevo che avrebbero lanciato un incantesimo di occultamento. Ci vuole un potere pazzesco», ha detto, con gli occhi spalancati.

«Jared sapeva qualcosa di tutto questo?» ho chiesto, riferendomi alla terza persona sulla barca.

Ricordo che Jared aveva poteri e che la sua famiglia aveva cercato di acquistare la proprietà del faro molto tempo fa. Mi chiedevo come si inserisse nel quadro più ampio.

Amy ha scosso la testa. «Pensava anche lui che fosse uno scherzo. Era furioso quando la barca si è schiantata. Quindi cosa hai intenzione di fare?»

«Lo dirò a tutti gli altri e capiremo cosa fare. La polizia sarà coinvolta. Se non hai avuto niente a che fare con lo spegnimento della luce, dovrebbe andare tutto bene. Suppongo che le accuse peggiori sarebbero di vandalismo, ma non lo so davvero. Dove andrai dopo?» ho chiesto.

«Oh, resto qui per le prossime due ore. Ho detto ad Amber che l'avrei aiutata con i cartelli per la parata. Se non ti dispiace, preferirei non essere coinvolta nell'indagine. Ti ho detto tutto quello che so. Se la polizia ha bisogno di parlare con me, lo farò, ma non voglio finire nei guai più di quanto non sia già successo, e nemmeno Clint lo vuole».

Ho pensato che fosse abbastanza buono che Amy sarebbe stata occupata a fare cartelli, ma non ero sicura se dovessi rimanere o andarmene. Questo era ovviamente un grande passo avanti, ma fuori era buio e non ero sicura di cosa potessimo risolvere stasera.

Uscendo nel corridoio, ho rapidamente chiamato Liam. Stava cenando con i suoi genitori. Quando non ha risposto, ho lasciato un messaggio dettagliato e gli ho chiesto di richiamarmi il prima possibile. Considerando che mia madre, Lea e Beatrice stavano attualmente tentando di lanciare l'incantesimo per il faro, non volevo interromperle.

Invece di chiamarle, ho chiamato mio padre. Dopo averlo rapidamente aggiornato, mi ha detto di rimanere dov'ero e che lui e Jacob avrebbero chiamato Daniel alla stazione di polizia. Ha sottolineato che sarebbe stato meglio se non avessimo sollevato sospetti. Il mio andarmene da qui presto stasera lo avrebbe sicuramente fatto. Nessuno aveva visto Samuel Parker dallo spettacolo de *Lo Schiaccianoci*. Ora che sapevamo che era potenzialmente imparentato con Daryl Parker, dovevamo giocare le nostre carte con intelligenza.

«A proposito, chiamerò anche Nathan, ma non sarà coinvolto nel lancio dell'incantesimo stasera. Nel frattempo, fammi sapere se scopri qualcosa di nuovo, e farò lo stesso», ha detto mio padre.

Con questo, abbiamo terminato la chiamata, e ho cercato di immergermi di nuovo nelle attività di pianificazione delle festività. Con il passare della serata, mi sono ritrovata a controllare ripetutamente il telefono. Alla fine, Liam mi ha mandato un messaggio per dirmi che stava venendo a incontrarmi.

Decidendo che non ci sarebbe stato nulla di sospetto se me ne fossi andata a questo punto, ho fatto sapere a Emma che avevo finito per la serata, ho dato a Julia un altro abbraccio, mi sono infilata la giacca e sono uscita di fretta. A differenza di quando ero arrivata, le luci in tutta la scuola erano ora attenuate. I miei passi echeggiavano mentre camminavo lungo il corridoio. Ci stavamo incontrando in una delle aule vicino all'auditorium. Mi sono fermata nel corridoio per chiudere gli occhi e fare un respiro profondo. La scuola sembrava così familiare, eppure era strano essere qui in questa veste.

Ero stata giovane e spensierata da adolescente. Oh, non ero stata ingenua. Era impossibile essere ingenui quando crescevi ben consapevole dei poteri soprannaturali e del modo in cui potevano essere esercitati sia per il bene che per il male.

All'epoca, ero affascinata dall'idea del mio *destino* con Liam, e nulla aveva ancora minacciato il mio mondo. È stato solo quando sono diventata gelosa qualche anno dopo e mi sono stancata di affrontare le complicate correnti della vita da strega nel nostro mondo che ho cercato di fuggire da tutto questo.

Una sensazione di sollievo e di giustizia mi ha travolta. Ero contenta che i venti della vita mi avessero riportata a Charm Cove. Che fosse dovuto all'incantesimo o meno, ero sollevata di essere tornata con Liam.

Un brivido mi ha percorso la schiena, riportandomi istanta- neamente al momento presente. Il formicolio mi ha attraversato le spalle e fino alla punta delle dita mentre aprivo gli occhi. Samuel Parker, proprio l'uomo che l'altra notte mi aveva puntato la bacchetta, si stava avvicinando a me dal fondo del corridoio. Ancora una volta, aveva la bacchetta fuori e puntata diretta- mente su di me.

Mi sono girata, con glitter e fumo che mi avvolgevano proprio mentre sentivo il mio nome gridato e ho intravisto Liam. Prima che potessi teletrasportarmi via, cosa che avevo inten- zione di fare prima di vedere Liam, c'è stato un lampo argenteo quasi accecante e l'uomo è rimasto immobilizzato sul posto.

Ho lasciato che il fumo intorno a me si dissipasse, essendomi spostata solo di pochi metri dal mio punto di partenza. Giran- domi per guardare Liam, ho visto un'espressione di sollievo passare sul suo volto. Mi è venuto in mente che era stata pura fortuna che Liam stesse entrando nel corridoio dal retro nello stesso momento in cui quell'uomo stava camminando verso di me.

Dato quello che sapevamo di Samuel, presumevo che stesse cercando di rubare la mia magia di teletrasporto per sé, ma poteva essere qualcosa di più serio. C'era anche l'ovvia realtà che non volevamo che qualcuno come lui continuasse a raccogliere incantesimi per il proprio uso. Mentre non esistevano leggi formali per governare streghe e stregoni, c'erano norme sociali consolidate da tempo. Rubare incantesimi che non derivavano dal proprio potere era fortemente disapprovato. C'erano avvertimenti nei testi antichi su come la magia rubata avesse il potere di rivoltarsi contro il ladro, alla fine. Era così raro che non si sapeva se questo fosse mai stato provato.

Liam è rimasto immobile, con una mano sollevata mentre teneva l'uomo immobilizzato. Ha incrociato il mio sguardo. «Chiama chi vuoi, preferibilmente tuo padre, Jacob, o il mio. Abbiamo bisogno di aiuto».

Ho chiamato mio padre in un secondo. Mi ha riferito che era già in viaggio perché Nathan aveva chiamato in anticipo per riferire che Daryl Parker era passato di nuovo dal faro.

Se avevamo sperato di gestire questa cattura in modo silenzioso, non ci fu tale fortuna. Un altro uomo è arrivato nel corridoio sul retro, un uomo che non riconoscevo, mentre Liam teneva Samuel immobilizzato. In quel momento, l'uomo sconosciuto si è lanciato nella mia direzione. Solo allora mi sono ricordata bruscamente che Jacob aveva percepito che due persone imparentate avevano lanciato l'incantesimo di occultamento e l'incantesimo che aveva rotto quello del faro. Per caso, le gemelle stavano uscendo dalla riunione di pianificazione sul retro, e hanno lanciato i loro cerchi rosa e viola intorno a quell'uomo. Forse non sapevano esattamente cosa stesse succedendo, ma sono state rapide.

Mentre le altre donne iniziavano a filtrare nel corridoio dalla riunione di pianificazione, avevamo una bella folla quando mio padre, Jacob e il padre di Liam sono arrivati. Anche Daniel si è presentato pochi minuti dopo nella sua veste ufficiale di capo della polizia.

Alla fine della serata, Samuel era stato arrestato per tentata aggressione, e l'altro uomo, che si è rivelato essere Daryl Parker, è stato arrestato e incriminato per vandalismo per i danni al faro. A quanto pare, aveva in qualche modo capito che le streghe stavano pianificando di lanciare nuovamente l'incantesimo del faro quella notte ed era stato sorpreso a irrompere nel faro e a tentare di danneggiare il cablaggio appena riparato.

Nel complesso, è stata una serata ricca di eventi.

———

Più tardi quella notte, ho guardato il soggiorno. Liam era seduto accanto a me sul divano con il braccio appoggiato sulla mia spalla, insieme a un intero gruppo di persone riunite nella stanza con noi. La buona notizia? Il Faro di Beacon's Charm stava funzionando di nuovo.

Anche se i cattivi erano stati catturati, per così dire, non sapevamo ancora lo scopo dei loro sforzi. Eravamo tutti sollevati di aver scoperto che Samuel e Daryl erano cugini, se non altro perché aveva un senso che lavorassero insieme. Ancora una volta, la preveggenza di Jacob nell'identificare che due persone imparentate avevano lanciato l'incantesimo che aveva rotto quello del faro era stata perfetta. Non che qualcuno di noi fosse sorpreso.

«Sapete, ho detto a Moira che potrebbe essere nient'altro che un tentativo di acquisire potere», ha commentato Liam, rispondendo a qualcosa che Jacob aveva detto.

«Sì, ma perché prendere di mira il faro?» ha riflettuto Alice. «È un incantesimo molto specifico; non qualcosa che puoi usare spesso».

Zia Lea ha annuito con fermezza in accordo con Opal che si è unita alla conversazione. «Esattamente. Quindi chi pensate avrà la fortuna migliore nel convincere Daniel a lasciarli parlare con qualcuno?»

Ho guardato mio fratello e ho inarcato un sopracciglio.

«Perché io?» ha chiesto Gabriel.

«Perché sei solo in visita. Daniel a volte diventa tutto nervoso e pensa che noi streghe siamo troppo curiose. Anche se non tu, probabilmente io e Liam. È un po' più indulgente con me perché sono amica di Zoe», ho spiegato, riferendomi a sua moglie e mia migliore amica.

«Perché non andate in tre in centro domani?» ha chiesto mia madre, anche se era più un'affermazione che una domanda.

Mi sono addormentata molto più tardi quella notte, rendendomi conto che, per la prima volta in settimane, non ero preoccupata di ciò che potesse accadere alle barche che passavano vicino a Charm Cove.

CAPITOLO VENTUNO

Alla fine dei conti, non è stato necessario parlare con Daniel, almeno non per capire cosa stesse succedendo. Abbiamo parlato con lui, ma solo dopo che mio fratello Gabriel aveva fatto la sua magia online. Una volta collegati i due stregoni coinvolti e ottenuti due nomi, è riuscito a condurre un po' più di ricerca forense online.

È emerso che tutte le nostre piste puntavano nella stessa direzione, anche se dovevamo ancora collegare tutti i puntini. Il fidanzato di Amy, il nostro amico elettricista, era il più sfortunato del gruppo. Sì, era stato coinvolto pensando che fosse uno scherzo, ma il suo capo avrebbe guadagnato un bel po' di soldi con il lavoro al faro. In realtà avevano pianificato di vandalizzare il faro per assicurarsi questo, ma Lea aveva accidentalmente fatto loro un favore bruciando lei stessa i fili.

Liam e io l'abbiamo scoperto durante una pausa caffè con Amy e Clint il mattino seguente. Per quanto riguarda l'investigatore della Guardia Costiera e l'altro stregone a Salem, è venuto fuori che erano collegati alla famiglia Booth. Avevano promesso a Jared Booth delle entrate dal faro che avevano acquistato in un'altra città vicina.

Vedi, oltre alle tariffe e simili che i fari fruttavano, erano un'attrazione turistica, il che significava più traffico turistico. Una città a sud di Charm Cove, Windy Bay, aveva un vecchio faro in disuso, che era stato abbandonato durante l'era della modernizzazione. I due stregoni di Salem avevano acquistato la proprietà quando era stata messa sul mercato. Non volevano preoccuparsi di spendere molti soldi per ristrutturarlo; volevano solo che funzionasse. Così, nel solco del furto di magia, che stavano già facendo qua e là, avevano pianificato di rubare l'incantesimo per il loro faro. Il piano a lungo termine era continuare a vandalizzare il faro qui finché non fosse più in uso.

Perché volevano rubare il mio incantesimo di viaggio, non lo sapevo. La mia ipotesi migliore era che forse volevano viaggiare all'interno del faro, o semplicemente perché stavano collezionando magia.

L'amica di Alice da Salem era stata una risorsa utile. Era stata in grado di colmare alcune lacune riguardo alle storie familiari. Nel mondo delle streghe, bisognava stare attenti a proteggere le informazioni e non fare troppe domande. L'amica di Alice aveva spiegato che quei due stregoni stavano cercando di riconquistare un po' di potere per Salem e risentivano delle famiglie che avevano lasciato la zona. Sentivano che avevamo abbandonato altre famiglie di streghe nel momento del bisogno durante i processi alle streghe di Salem.

Mentre Charm Cove era un punto di ritrovo per le streghe che avevano lasciato Salem, non eravamo affatto l'unica comunità dove le streghe erano fuggite.

In breve, tra l'amica di Alice e la ricerca online di Gabriel, siamo stati in grado di ricostruire lo scopo dietro le loro azioni.

Tutte le streghe e gli stregoni erano piuttosto turbati, se non altro per il tentativo di rubare la magia. In quest'ottica, mia madre, Lea, Jacob, Alice, insieme a mio padre e Liam, erano tutti passati dal carcere per una visita. Lo scopo? Immobilizzare i poteri di quei due stregoni.

Daniel, essendo il ligio alle regole che era, li ha mandati via, quindi ci siamo presentati tutti all'udienza preliminare. Samuel e

Daryl erano stati accusati di reati minori, e avevamo previsto che sarebbero stati rilasciati su cauzione fino al processo. Le famiglie di streghe di Charm Cove erano presenti in massa all'udienza. I tribunali sono pubblici, quindi potevamo esserci tutti.

Seduta accanto a Liam in aula, ho lanciato un'occhiata ai due stregoni. Non mi importava particolarmente cosa sarebbe successo loro legalmente. Volevo solo che perdessero il loro potere. Intenzionalmente, eravamo sparsi per l'aula, per lo più seduti in coppia. Liam e io sedevamo insieme mentre i miei genitori, Opal e Theo, Lea e Jacob, Celia e Delia, alcuni dei Bishop, i Lévesque e persino Beatrice erano distribuiti in tutto lo spazio.

C'erano abbastanza streghe e stregoni pronti ad agire insieme per immobilizzare completamente i due stregoni e rimuovere i loro poteri per sempre. La nostra unica sfida era farlo in un modo che non fosse evidente.

Una volta iniziata la seduta, abbiamo tutti concentrato le nostre energie, facendo vibrare l'aria intorno a noi. Non poteva essere un incantesimo appariscente, per niente. Abbiamo capito collettivamente che era stato un successo quando entrambi gli stregoni in questione si sono girati sulle sedie per guardarsi intorno nell'aula.

EPILOGO

Era la vigilia di Natale, e la neve cadeva dal cielo come polvere di fata scintillante che si spargeva sul centro di Charm Cove. Erano state settimane intense. Tra la risoluzione del mistero di chi aveva rubato l'incantesimo del faro e l'organizzazione di tutto per il Festival del Fascino natalizio, ero stata in continuo movimento.

La parata di Natale era pronta per il giorno dopo, e la fiera dell'artigianato era stata in pieno svolgimento per tutta la settimana. Consegnai il resto all'ultima cliente della giornata, salutandola con auguri festivi e seguendola fino alla porta principale. Alcuni fiocchi di neve entrarono mentre lei usciva, con il campanello che tintinnava mentre chiudevo a chiave.

Per un momento, premetti il naso contro il vetro, guardando verso il centro città. L'enorme abete decorato con luci natalizie al centro della piazza e tutte le vetrine dei negozi scintillanti nell'oscurità sembravano magici. In questo periodo dell'anno, chiudevamo al traffico le quattro strade che circondavano la piazza per i tre giorni precedenti il Natale fino al giorno di Natale. Sembrava di fare un salto indietro nel tempo. Una carrozza trainata da cavalli stava facendo il giro sul lato opposto. I giri in carrozza per il centro in inverno erano un'altra parte del Festival del Fascino. Erano molto romantici e popolari.

Facendo un passo indietro, girai il cartello su Chiuso. Le gemelle erano già partite per la loro ultima esibizione dello *Schiaccianoci* della vigilia di Natale. Il negozio profumava ancora di sidro speziato anche se avevamo finito per la sera. Dopo aver controllato il retro e lanciato un incantesimo di protezione sulla porta, misi tutto in ordine all'ingresso, calcolai gli incassi della giornata, e poi infilai la borsa con i contanti nella giacca, con l'intenzione di depositarla in banca a poche porte di distanza da lì.

Liam mi stava aspettando fuori. Mentre camminavo verso l'ingresso, lo vidi in attesa alla porta, che alzava la mano per salutarmi. Indossando il cappotto e mettendomi la borsetta a tracolla, uscii dall'ingresso, chiudendo a chiave e lanciando un incantesimo di protezione sulla porta. Faceva freddo e avevo dimenticato i guanti. Ma la mano di Liam era calda intorno alla mia mentre camminavamo lungo la strada con la neve che cadeva leggera.

Dopo aver depositato la borsa dei contanti nella cassetta di sicurezza della banca, attraversammo la piazza. Ci stavamo incontrando con amici e familiari all'Enchanted Spirits. Mentre ci avvicinavamo all'abete, Liam si voltò, fermandosi per guardarmi.

«Che c'è?» chiesi.

I suoi occhi brillavano nel dolce bagliore delle luci natalizie dell'albero. La neve cadeva su di noi come polvere di fata dal cielo. Aprii la bocca per chiedergli perché si era fermato, ma nel momento in cui colsi lo sguardo nei suoi occhi, il mio cuore iniziò a battere forte nel petto.

Rabbrividii anche se non avrei saputo dire se fosse per il freddo o per il momento stesso. Liam fece un passo più vicino, mettendomi un braccio intorno alla vita. «Volevo aspettare, ma ora sembra il momento giusto», mormorò.

«Il momento per cosa?» chiesi, con le parole che uscivano quasi senza fiato.

Il che era un po' ridicolo per me.

Il momento sembrava enorme, l'aria stessa intorno a noi carica di significato. Per troppo tempo, avevamo preso alla leggera il nostro destino. Era difficile non farlo. Il mondo moderno non lasciava spazio per cose del genere. Streghe e stregoni dovevano mantenere tutto nascosto.

Oh certo, c'era un gran parlare di spiritualità e simili, e persone che giravano dichiarando apertamente di essere streghe. Nota a margine: chiunque andasse in giro parlando apertamente di essere una strega molto probabilmente non lo era. C'erano poche certezze nella vita, ma questa poteva essere una di quelle.

In un lampo, mi sentii leggermente sopraffatta.

«O lo facciamo a modo nostro, o saremo costretti a farlo», mormorò.

«Allora facciamolo a modo nostro», risposi.

Lui alzò lo sguardo dal mio per un attimo, sporgendosi all'indietro e guardando verso il cielo. La luna era visibile attraverso le nuvole alla deriva e la neve che cadeva, un alone sfocato nel cielo scuro. Con l'odore di legna bruciata in lontananza, la neve che cadeva e le luci natalizie che brillavano intorno a noi, Liam ed io finalmente facemmo il primo passo verso il nostro destino.

In una fredda e nevosa vigilia di Natale, mi chiese di sposarlo, e io dissi sì. Non fu una sorpresa. Doveva ancora mostrarmi gli anelli, però, e quella fu la sorpresa.

Con un braccio ancora intorno a me, aprì il palmo, usando il pollice per ribaltare il tessuto che li proteggeva. C'erano due anelli d'argento. Uno era una semplice fascia e l'altro era incastonato con un opale.

«Li indossiamo ora?» chiesi.

«Oh, c'è un altro set», disse, sorridendo lentamente. «Questi sono solo gli anelli di fidanzamento».

Quando arrivammo all'Enchanted Spirits qualche minuto dopo, quasi non volevo che qualcuno notasse i nostri anelli. Anche se avevo saputo fin da quando ne avevo memoria che Liam ed io eravamo stati la coppia prescelta per la nostra generazione, in qualche modo questa parte mi sembrava privata. Eppure quando Liam incrociò il mio sguardo e mi fece l'occhiolino, smisi di preoccuparmi. Quello che avevamo era privato. Ciò che potevamo rappresentare per le nostre famiglie era un'altra cosa.

Naturalmente, ci furono molti brindisi al nostro imminente matrimonio. Per qualche miracolo, nessuno ci fece pressioni su quando ci saremmo sposati. Ma quello era stato il nostro piano da sempre. Ci amavamo e avevamo tutte le intenzioni di sposarci per tutte le giuste ragioni. Poiché quelli della generazione precedente portavano la conoscenza di secoli, forse avrebbero potuto smettere di preoccuparsi un po' ora che eravamo ufficialmente fidanzati.

Anche Ghost sembrava contento quando tornammo a casa quella sera. Dopo essere rimbalzato dalla mia spalla al pavimento, ci sedemmo al bancone della cucina a goderci un digestivo mentre lui passò alcuni minuti a annusare ciascuno dei nostri anelli.

———

Il giorno di Natale sorse luminoso e limpido. L'ultima neve soffiò via verso il mare mentre il sole sorgeva, regalandoci un Natale bianco e una giornata soleggiata. Dopo colazione a casa dei miei genitori, che includeva sidro alcolico e zabaione – a colazione – con la famiglia di Liam che si univa a noi, andammo tutti insieme in centro per la parata di Natale.

Per qualche miracolo, nonostante il trambusto intorno al faro danneggiato e al naufragio, riuscimmo a organizzare tutti i pezzi in movimento affinché il Festival del Fascino si svolgesse senza intoppi, inclusa la corona di gloria della parata di Natale.

Se ti stai chiedendo chi abbia vinto il concorso dei carri, è stata un'entrata a sorpresa. All'insaputa di tutti gli adulti, eccetto mia cugina Emma che era stata responsabile della pianificazione dei carri della parata, Celia e Delia avevano un carro unicorno. Ovviamente, brillava di rosa e viola.

A proposito, l'incantesimo del faro aveva fatto la sua magia, funzionando di nuovo senza interruzioni. L'investigatore della Guardia Costiera (in segreto uno stregone) era stato accusato di vandalismo e rimosso dal suo incarico. Nel frattempo, un altro investigatore era stato incaricato di ispezionare il faro dopo che le riparazioni fossero state completate. L'intricato pasticcio era stato risolto con un fiocco.

In tema di miracoli, per la prima volta in anni, nessuno nelle rispettive famiglie allargate mie e di Liam aveva avuto nulla da dire su quando avremmo trovato il nostro destino.

Non contavo sul fatto che durasse troppo a lungo, ma me lo sarei goduto finché potevo. Il mio destino era mio, quindi lo affrontavo ai miei ritmi.

———

Grazie per aver letto Spells & Silver Bells! Se desideri ricevere aggiornamenti quando ho nuove uscite e altre novità, iscriviti alla mia newsletter: subscribepage.io/J3tvfP

Per più malizia, magia e caos a Charm Cove, gira pagina per un'anteprima de The Great Maple Caper, il prossimo libro della serie Wicked Good Mystery!

ESTRATTO: THE GREAT MAPLE CAPER

MOIRA WICKED

Abbiamo avuto una furiosa tempesta di neve nel fine settimana. Per me, la fine di febbraio sembrava la parte più profonda dell'inverno. A quel punto, la neve aveva coperto Charm Cove per mesi. Sebbene le giornate si stessero allungando, sulla costa del Maine faceva un freddo pungente in questo periodo dell'anno.

Una mattina, Liam ed io stavamo gustando un caffè al bancone della cucina. Era domenica, e Persnickety Potions & Gifts era effettivamente chiuso. L'unico periodo in cui chiudevamo il negozio era durante questa piccola finestra temporale - dopo le prime settimane di gennaio fino alla primavera. I turisti iniziavano ad affluire in città non appena il tempo cominciava a scaldarsi, ma avevamo alcuni mesi di pace e tranquillità fino ad allora.

Ci fu un bussare alla porta. Liam mi lanciò un'occhiata mentre scivolava giù dal suo sgabello vicino al bancone. I suoi capelli neri erano ancora umidi dalla doccia. «Aspettiamo qualcuno?» chiese.

Sorseggiando il mio caffè, scossi la testa. Quando Liam aprì la porta, mio fratello Gabriel era lì in piedi. Gabriel ed io condividevamo gli stessi capelli neri e gli occhi verdi, anche se le sue guance erano arrossate dal freddo. Sembrava che avesse camminato attraverso la neve, considerando che i suoi stivali ne erano coperti e ce n'era persino un po' attaccata al denim dei suoi jeans.

«Entra pure», disse Liam, facendogli cenno di attraversare la porta.

Il mio gatto Ghost era convenientemente posizionato sopra la porta sul suo ripiano preferito per il pisolino e prontamente saltò sulla spalla di Gabriel prima di rimbalzare sul pavimento. Ghost aveva un nome appropriato, non solo perché il suo pelo era bianco, ma anche per la sua capacità di apparire apparentemente dal nulla.

Gabriel ridacchiò e si inginocchiò per accarezzare Ghost. Il mio fratello maggiore era tornato a Charm Cove solo poche settimane prima, dopo un periodo in California per sistemare le ultime faccende del suo lavoro. Aveva ufficialmente sfrattato Liam dal cottage del custode nella proprietà dei miei genitori. Dato che Liam aveva ufficiosamente vissuto con me per mesi a quel punto, non era esattamente un cambiamento.

«Finito il caffè?» gridai mentre Gabriel scuoteva la neve dai suoi stivali e se li toglieva vicino alla porta.

«Ben felice di prenderne un po' se me lo offri», rispose mentre si avvicinava al bancone, «ma non è per questo che sono qui».

«Che succede?» chiese Liam mentre risaliva sul suo sgabello e dava un colpetto a quello accanto a lui.

Gabriel si sedette accanto a Liam, togliendosi la giacca e appendendola sullo schienale dello sgabello. Mi alzai per prendere una tazza dall'armadietto e riempirla di caffè. Facendola scivolare verso Gabriel mentre tornavo al mio posto di fronte a lui, indicai con un cenno la panna e lo zucchero.

«Serviti pure. Allora...» lasciai le mie parole in sospeso.

«Aspetta, fammi prendere un sorso di caffè». Gabriel

aggiunse un goccio di panna e ne prese un sorso, sospirando e lanciandomi un sorriso. «Delizioso. Lo fai sempre forte».

Feci girare la mano in aria, indicando che doveva continuare.

«Ok, ok. Sai che è la stagione dello zucchero d'acero, quindi ho tenuto d'occhio gli alberi. La settimana scorsa, ho messo alcune spine di prova e ho finito di installare le linee gravitazionali nella fattoria».

«Giusto, ho messo due spine la settimana scorsa», intervenne Liam. «Pensavo di controllarle oggi».

La stagione dello sciroppo d'acero iniziava nel cuore dell'inverno, di solito tra metà febbraio e metà marzo. Avveniva in tutto il New England e gran parte del Canada. Ne sapevo un po' sulla produzione dello zucchero d'acero, anche se non ero un'esperta. Molte famiglie lo facevano solo per sé stesse, mentre altre lo facevano come attività secondaria, e altre ancora avevano operazioni a pieno regime.

Le famiglie Wicked e Good avevano un misto. I miei genitori spillavano sempre alcuni alberi e producevano il loro sciroppo d'acero ogni anno. Con il suo ritorno a casa, Gabriel aveva deciso di voler rivitalizzare la vecchia attività di produzione dello zucchero d'acero che era rimasta inattiva quando uno dei nostri lontani cugini Wicked era morto. La proprietà era rimasta semplicemente lì, e Gabriel l'aveva ereditata dopo la morte di nostro cugino.

Nella famiglia Good, i genitori di Liam lo facevano casualmente come i nostri, ma suo cugino Nathan Good, che gestiva il faro Beacon's Charm, gestiva anche un'attività di produzione dello zucchero d'acero. La stagione dello zucchero d'acero era una cosa seria per alcune persone in Maine.

Gabriel prese un altro sorso di caffè e passò la mano tra i capelli. «Beh, sono curioso di sapere se i tuoi secchi sono ancora lì».

«Perché lo dici?» chiese Liam.

«Perché sono andato ai due alberi che ho testato dove di solito lo facciamo sulla proprietà qui, e i secchi sono spariti. Le nuove linee che ho installato sono state tagliate. Mamma ha detto che anche i suoi secchi sono scomparsi. Sai che ha il suo albero preferito proprio vicino alla casa», spiegò Gabriel.

«Cosa?» dissi. Le mie abilità conversazionali non erano al meglio nelle fredde mattine d'inverno quando potevo dormire fino a tardi.

Al momento, lo consideravo una leggera curiosità. Liam si alzò e si diresse verso il portico sul retro, infilandosi gli stivali vicino alla porta. «Controllo subito», disse guardando oltre la sua spalla mentre usciva sulla terrazza posteriore.

Diedi un'occhiata a Gabriel. «Pensi che sia solo casuale?»

«Beh, è una coincidenza piuttosto grande che abbiano rubato i miei secchi e quelli di mamma».

Presi un sorso del mio caffè, pensando che probabilmente si trattasse solo di uno scherzo di qualche adolescente. Liam tornò in pochi minuti per riferire che anche le sue due spine avevano i secchi mancanti.

Considerando che qui abbondavano streghe e stregoni, qualcuno poteva certamente essere intento a fare qualche malanno, ma era abbastanza lieve se rubare alcuni secchi di linfa era tutto ciò a cui ammontava.

Nel tardo pomeriggio di quel giorno, era abbastanza chiaro che non si trattava di uno scherzo casuale. Diverse delle principali operazioni di produzione dello zucchero d'acero avevano tutte segnalato che ogni singolo secchio di linfa d'acero era scomparso e che le linee gravitazionali, che trasportavano la linfa nei sistemi per produrre sciroppo, erano state tagliate. Questo era un importante furto di sciroppo d'acero e una potenziale catastrofe finanziaria per le aziende produttrici di zucchero d'acero.

Lo sciroppo d'acero era un'attività in forte espansione in tutto il New England. Ogni volta che pensavo allo sciroppo d'acero, immaginavo quelle vecchie mappe commerciali dove si vedevano le frecce che circondavano il globo per indicare il percorso delle merci. Lo sciroppo d'acero andava in tutto il mondo dal New England e dal Canada.

Le persone erano semplicemente sconcertate. Chi al mondo rubava linfa d'acero grezza in massa?

L'attività di caramelle d'acero in città era in subbuglio. Era un tale trambusto che fu indetta una riunione cittadina presso Enchanted Spirits. Un bar era il luogo scelto perché le persone erano così stressate che avevano bisogno di qualcosa da bere.

Alla fine della serata, Nathan Good aveva soprannominato l'evento Il Grande Furto di Acero. Era piuttosto ubriaco quando fece la proclamazione, ma ci stava.

———

1-Click: The Great Maple Caper

Se desideri aggiornamenti quando ho nuove uscite e altre notizie, iscriviti alla mia newsletter: subscribepage.io/J3tvfP

A Stormy Spell
A Stitch of Magic
Bee Charmed
Lemon Tea Cozy Mysteries
Witch You Wouldn't Believe
A Spell to Tell
Witch is When it Gets Crazy

Lucy May ama il caffè, i cani, cucinare e scrivere. È una meridionale fuori posto che vive nel Maine. Ha imparato ad amare le quattro stagioni, ma sente ancora nostalgia delle pigre estati del sud. Le piace pensare che in un'altra vita potrebbe essere stata una strega e crede ancora nella magia. Trascorre il suo tempo creando storie paranormali sciocche, sarcastiche e sensuali.

Facebook